文春文庫

119

長岡弘樹

文藝春秋

119

目次 contents

119

石を拾う女

1

「接遇マナー講座」から始まった一日がかりの職員研修会も、「クレーム対応術」、「セクハラ・パワハラ防止法」、「コーチング・コミュニケーションの基本」までが終了し、最後の「職場におけるメンタルヘルス対策」も中盤にさしかかっていた。

今垣睦生は欠伸を噛み殺した。

担架と手動式人工呼吸器を手に、救急の現場から現場へと走り回るのが常の身だ。座学の類には不慣れもいいところで、長く椅子の上でじっとしていれば、どうしたって睡魔に襲われる。

目頭に滲んだ涙を小指の先で拭い取り、今垣は、配られた紙の束を手にした。

束は、ゼムクリップで右肩が綴じられていた。真っ白なコピー用紙を縦十センチ、横五センチほどに切った紙が、ちょうど十枚セットになっている。丁寧なことに、下の隅には①から⑩までの番号が小さく印刷されていた。

「みなさんにはこれから、いま配った紙の一枚一枚に、一つずつ書き込んでいってもらいます。何を書いてほしいかといいますと――」

講師は、こちらより少し年上だろうか。五十年配の瘦せた男で、市立病院の精神科医だという。一分の隙もない服装をしており、メンタルヘルスというよりはビジネスマナーの講師といった方がふさわしいように思えた。

「自分の大切なもの、です。それを十個書いていただきます。家族、友人、愛情、マイカー。目に見えるもの見えないもの。具体的なもの抽象的なもの。どんな言葉でもいいですから、ぱっと心に浮かんだものを書きとめてください。ちなみに『妻』と書く男性はわりと多いのですが、『夫』と書く女性はほとんどいません」

どっと笑いが起きた。毎年の研修会で披露するお決まりの冗談なのか、それを口にした講師本人はやや照れたような顔になった。

「では始めてください」

ペンを走らせる音は、二分もたたないうちに一切しなくなった。

「書き終えましたか。まだの方は?」

誰も挙手しなかった。和佐見市内に点在する分署と出張所、合計八か所から集まった三十数名は、階級で言えば、みな消防司令クラスの中間管理職だ。いまこの研修会に参加している消防官たちは、長年にわたって「何事も素早く」を習慣づけてきた連中だった。

「では、その十枚を机に並べ、一度ゆっくり眺めてください」

①「仕事」
②「共感し合える仲間」
③「精神の自由」
④「ローン返済の終わらぬ自宅」
⑤「睡眠時間」
⑥「趣味を持つこと」
⑦「市民の安全」
⑧「日記」
⑨「人命」

九枚のカードを埋めたところで今垣の手は止まっていた。

①と⑦と⑨は、意味の重なる部分が多いかなと思ったが、結局そのままにして、最後の一つを考える。

——朝恵（ともえ）。

その名前しか浮かばなかった。

「次に、そのカードの中から一番優先順位の低いものを選び出してもらえますか。時間をかけずに、これが不要だ、というものを直感的に手にしてください」

今垣は⑥の紙を手にした。

「では、その一枚をぐしゃっと丸めてしまってください」

言われたとおりにした。微かだが、心が痛んだような気がした。

「続いて、二番目に順位の低いものを捨てましょう」

今垣は、これじゃあやばいなと思いながら、⑤を選んだ。

「これが、生きるということです。生きるということは、裏を返せば、死に近づいていくという意味です。そして、人が死んでいくというのは、いまのように一つずつ大切なものを失っていく過程だということです。心身の健康を保つためにも、まずこの点を、日々静かに認識するようにしましょう」

午後五時半には終了する予定だった研修会は、最後の「メンタルヘルス」が盛り上がったせいで、六時をやや回った時刻に閉会した。

今日はもう出張所に戻る必要はなく、直帰が認められている。

部屋を出る前に、今垣は窓際の方へ歩いていった。そこに、西部分署から出席している顔見知りがいたからだ。今日は朝からカリキュラムが詰め込まれていて忙しかったため、休憩時間に挨拶することができなかった。帰る前に、せめて一言声をかけておきたい。

その相手、吉国智嗣も同じ考えだったようで、手を挙げて挨拶してきたのは向こうが先だった。

「よう、今垣。どうだ、やもめ暮らしは」

「おかげさまで、もうすっかり慣れたよ。やっぱり自由に勝るものはないな」

吉国とは幼馴染で、小学生のときは一緒に登下校をした仲だった。

「勇輝くんはどうしてる」

いま中学二年生になる息子の名前を出してやると、吉国は、

「いまだに手がかかってしょうがない」

そう面倒くさそうにぼやいたものの、表情の端にはどこか誇らしげな色を覗かせた。

「将来は、ぜひ父親の跡を継いでもらいたいね」

勇輝は身体能力が高く、中学校の体操部でかなりの活躍をしていると聞いていた。消防に欲しい人材だ。

「すまんが、それは難しいと思うぞ。あいつ、実は飛行機オタクでね、パイロットになることしか頭にないみたいだから」

そんな雑談を交わして笑い合ったのは、ほんの三分ほどか。じゃあまたな、と吉国に別れを告げ、和佐見市消防本部三階の大会議室を後にし、今垣は徒歩で帰宅の途についた。

宵闇が迫っていた。空にはもう最初の星が見えている。まったくの無風で、少し歩くと汗ばんできた。空気の流れがほしければ、いまの研修会で渡された書類を団扇代わりに使い、自力で作り出すしかなかった。

歩いているうちに気になったのは、前を行く女の後ろ姿だった。袖の丈が短めのスウェットを着ている。痩せぎすで肩が落ちていた。

歳は三十代の後半といったところか。主婦には見えない。腕の振りが小さく、長身をやや前屈みにした、どこか寒そうな歩き方が印象的だった。

今垣は跡をつけた。

女は県道から外れ、川べりの細い道へと足を進めていく。

川は、昨日まで降り続いた雨で増水していた。茶色く濁った水は、激流と表現してもそれほど大袈裟ではないほどの勢いで奔っている。川面の何箇所かに出来た渦の直径もけっこうな大きさだった。

ときどき立ち止まっては屈み込む。そんな仕草を女は繰り返し始めた。河原の石を拾っているようだ。大きな石ばかりを狙って集め、手にしたトートバッグに入れているらしい。

やがて女は、河原のベンチにたどり着いた。

座る前に座面を手で払っている。今日の未明まで水没していたベンチだ。付着している泥土の量はかなりのものだろう。

今垣は女の背後に回りこんだ。気配を悟られないよう、いったん土手の上まで離れてから相手に視線を注ぎ続ける。

空からは光が徐々に消えていった。みるみるうちに完全に日が没し、団扇代わりに使っていた書類の文字が、すぐ手元にあっても判読できないほどになった。

女がベンチから立ち上がったのは、それから十分ほど経ったころだった。

今垣も動いた。ビジネスバッグの中に書類をしまい、代わりに取り出したフラッシュライトの光で足元を照らしながら土手を降りる。

「すみません。ちょっとよろしいでしょうか」

近寄りながら声をかけると、女が暗がりの中で振り向いた。控え目に張り出した頬骨が特徴的だった。目の下に少しだけそばかすがあるようだ。

怪しまれないよう、早めに名刺を出した。

「消防に勤務している今垣といいます」

女の眉がピクリと動いたであろうことが、宵闇の中でも気配で想像された。「消防」の二文字に反応したに違いない。

「川が増水していますので、見回りをしているところです」

警戒心を解くためのいい加減な口実だった。嘘であることを悟られないうちに言葉を続ける。

「ちょっとお訊きしたいのですが、さっき石を拾われていましたね」

「……はい」

「何に使うんです」

返事はなかった。

「まさかとは思いますが、〝錘（おもり）〟ではありませんよね」

「錘……？　わたし、釣りなんてしませんけれど」

「いいえ。釣り糸につけるためのものではありません」

「では何につける錘ですか」

「あなた自身に、です」

2

六月最初の月曜日はよく晴れた。

このたび漆間（うるしま）分署には、篤志家からの寄付で新たに高規格救急車が一台配備された。たったそれだけの出来事だが、テレビのローカル局が二社、相次いで取材に訪れることになり、今垣はそのインタビューに答える役目を任せられた。

「お答えくださるのは、和佐見市消防署漆間分署、第一警防課第一救急係の今垣睦生消防司令です。今垣さん、よろしくお願いします」

今垣は今日も欠伸を嚙み殺した。テレビカメラを前にして緊張したわけではない。純粋に眠たくてしょうがないのだ。

救急隊員は二十四時間のうちに何回も出場しなければならないから、分署内にいる時間は想像以上に少ない。しかも出場回数が多い分、書くべき書類の量もどんどん増える。

消防係の連中が仮眠をとっている時間帯に、事務室で黙々と机に向かっていると、また出場指令の放送を聴くことになる。要するに寝る間がない。

インタビューは消防署建物の救急車の横で行なわれた。地元で人気の高い女子アナウンサーが目当てなのか、集まってきた野次馬の多くは男性だ。

「最近は、どんな出動事例が増えていますか」

インタビュアー役の女子アナが口にした「出動」が引っ掛かった。消防の世界では「出場」という用語を使うのが普通だから、どこか調子を外されたように感じられてならない。

「やはりですね――」今垣は空咳を挟んだ。「急病というケースが一番多いのですが、最近わたしが特に心配しておりますのは、中高年の自殺が増えていることです。四月は五件、五月は倍の十件、自殺もしくは未遂の現場に出場しています」

ある統計によれば、自殺が最も多い月は五月で、反対に最も少ない月は二月だという。気候的には一番条件のいい時期に自殺者が多いのはなぜなのか、まだよく分かっていないらしい。

「自殺の前には前兆となるサインがあるとよくいわれます。最悪の事態を防ぐためには、ご家族や周囲の方が早めに、本人の出したSOSの信号に気づいてあげることが大事です」

「気づくための、具体的なポイントはありますか」

「自殺のやり方には、職業が反映されることが意外に多いようです。わたしが経験した事例では、たとえば、医者の自殺で、全身麻酔を静脈に注射する、というケースがありました。大工さんはノコギリで、工事現場の技術者になるとダイナマイトで、という例もあるように、自分の仕事にちなんだ道具を使う場合が目立ちます。自殺には、そういう特徴がありますので、周囲にいる方はこのあたりにご注意ください」

インタビューが終わり、テレビのクルーが帰った。野次馬も解散したが、一つだけ人影が残っていた。見覚えのある人物だった。

その女はぺこりと辞儀をしたあと、恥ずかしそうに微笑んだ。そばかすの浮いた頬が持ち上がる。

彼女は先週の金曜日、宵の口の河原でこちらが渡した名刺を手にしていた。

「先日は、ありがとうございました。少しだけ、お時間をいただけますか」

「よしっ」

この返事に、女はさすがに怪訝な顔をした。遅れ馳せながら今垣も笑顔を返し、消防官の返事は常に「よし」と決まっているのです、と説明した。

「そうなんですね。――名乗らずじまいで、すみませんでした。わたし、タカツキといいます」

「貴月」という苗字の職員が他の分署にいるが、より一般的な「高槻」だろうと見当をつける。高槻は小さな菓子折りを持っていた。

「本当に、何とお礼を申し上げてよいのか分かりません。もしあそこで、今垣さんに声をかけてもらえなかったら……」

石を詰めたトートバッグを服の中にでも押し込んでから、手足を紐か何かで縛り、川の中に飛び込んでいたことだろう。

高槻の振った話題を拾うことは敢えて避け、今垣は新品の救急車へ顔を向けた。

「この車両を見て、何か気づいたことはありませんか」

高槻は分からない、という素振りを見せた。

「ヒント。ここです」

ボンネットを指差した。

「……あ、反対ですね」

車体のフロント部分に書かれた「救急」の文字が左右反転の形になっている。

高槻は、そういえば、という顔になった。

「車のバックミラーで見たときに、すぐ読めるようにしている、という話を聞いたことがあります」

「そのとおりです」

救急車の横、車庫の壁際には全身が映る鏡が設置されていた。消防職員は市民から見られる存在だ。朝の大交代前には、各自、かならずこの鏡の前に立って服装の点検をすることが義務付けられている。

その鏡の前に高槻を立たせた。

鏡の正面ではなく、少し斜めの位置であれば、車庫の外に駐車してある救急車のボンネット部分が映り込む。

反転することなく正常の形になった「救急」の文字に目をやったあと、鏡の中で今垣は、高槻のそばかすに視線を移した。

「あなたの下のお名前は、何とおっしゃるんですか」

「ミサキといいます」

「どんな字を書くんです？」

「三つの咲くに、季節の季です」

「お仕事は」

「……以前は薬局勤務です。薬剤師を六年ばかりしていました。いまは、ちょっと事情がありまして、恥ずかしい話ですが、求職中なんです」

「すみませんでした、立ち入ったことを訊いてしまって」

「いいえ。気にしないでください」

「鏡に映ったあなたの姿をじっと見つめてもらえますか。——たまにどこかの駅でホームの端にいくと、そこの壁に大きな鏡が設置されていることがあるでしょう。ホームの端というのは、乗客があまり行かないような場所ですから、姿見用ではありません。では何かというと、自殺防止用の鏡なんです」

「自分で自分の姿を外側から見ることができれば、心理状態も冷静になってくる、という理屈でしょうか」

「ええ。実際、鏡を設置した駅では自殺が減ったという報告があります。我々消防としては大助かりですね。特に地下鉄の場合は救急車が入っていけませんから、飛び込み自殺があると処理に困るんですよ」

「もう少しで、わたしも消防の方にご迷惑をかけてしまうところでしたね」

三咲季は鏡の前から離れようとした。今垣は彼女の両肩を背後からそっと押さえ、まだ動かないで、と無言で命じた。

「分かりますか。先日、どうしてわたしが高槻さんの後ろ姿を追いかける気になったか、その理由が」

「……分かりません」

「歩く姿が朝恵に似ていたんです。朝恵は、わたしの妻でした」

鏡の中で三咲季が目を伏せたのは、いま耳にした台詞(せりふ)の語尾が過去形になっていたことに気づいたからだろう。

「妻はうつ病のせいで、自ら命を絶ちました。医者に処方されていたパロセキチンという薬を大量に飲んだんです」

「お気の毒です。パロセキチンは副作用が強いですから……」

「そういうわけで、高槻さん、あなたを、どうしても放ってはおけないという気になったんです」

もう一度俯いた三咲季の頬は、鏡の中で薄く染まっていた。

3

一時間後には小交代があり勤務が始まる。いまはアルコールを一滴も口にするわけにはいかないから、酒宴の席に出たところでしょうがない。とはいえ、指名で招かれたとあっては、まったく顔を見せないわけにもいかなかった。

居酒屋「ごんぞう」の暖簾をくぐったときには、すでに午後七時を回っていたが、夏至の西空はまだ十分に光を蓄えていた。

奥の方にある十人用の座敷には、掘ごたつが設けられていた。部屋に入ると、新人たちの拍手が待っていた。

「やめろって。今日の主役はおまえらだろうが」

彼らには消防学校時代にファーストエイドの基本を教えたことがあった。各署の新人たちとはそれだけの縁だが、なぜかいたく気に入られ、最初の飲み会にはぜひとも顔を出していただけませんか、と言われていた。

少し遅れるから先に始めていろ。幹事役の土屋崇文にそう連絡してあったのだが、栓の開いているビール瓶は一本もなかった。

集まったのは八人。みな今夜から明日にかけて非番の連中だ。

ちょっとした騒ぎが起きたのは、乾杯から三十分もしないうちのことだった。大杉洋成が土屋にビール対決を挑んだようだった。

大杉は高校で相撲をしていた。二年生のとき、一か月間リオデジャネイロにホームステイした経験があり、ブラジルの子供にスモウレスリングを教えてきたことが自慢らしい。巨漢だから見るからに酒が強い。

土屋は、高校を出たあと、消防官の採用試験に受かるまでの二年間、スーパー内の薬局でアルバイトをしていたという。よく合格できたなと首を傾げたくなるほど体の線は細い。

二人とも配属先は漆間分署だから、今日集まった八人の中では自分に一番近い存在といえた。

「逃げんのかよ。あ？」

早くも出来上がった大杉は、とろんとした目で土屋を煽っている。土屋がまったくの下戸なのを知っていての挑戦だろう。

「分かった。じゃあビールとは言わない。おまえは水でいい。ウォーターでいいから、おれの挑戦を受けろ」

ウォーターをワラァと発音することで二、三人の軽い笑いを誘った大杉を前に、土屋はピッチャー内の氷水にじっと目を向け黙考したあと、何度か首を縦に振った。

同じサイズのグラスになみなみと注がれたビールと水を、どちらかがギブアップするまで、それぞれ大杉と土屋が飲み続けていく。そんなルールで勝負は行なわれることになった。

——やめさせた方がいいんじゃないでしょうか。

大杉が急性アルコール中毒で倒れるのではないか。そう心配した周囲の連中が、なかば泣き出しそうな顔でこちらを見てくるが、今垣は無視した。体質的にいくらでも飲める大杉なら問題ないだろう。心配なのは土屋の方だ。

案の定、十杯目のグラスを口に運ぼうとする土屋の手が、途中でぴたりと止まった。顔面が真っ青になっている。

今垣はテーブルの上からスプーンを一つ手にし、土屋をトイレに運んだ。

洋式便器の個室に二人で一緒に入り、立て膝をして向かい合わせになる。土屋の腰のあたりを抱え、腹部に膝(ひざ)を当てた。頭を下げさせ、指を喉(のど)の奥に突っ込み、舌の根元を下に押さえた。

それでもすんなり吐かなかったため、指の代わりにスプーンを入れてみたところ、ようやく土屋は、胃の中にあった水を滝のような勢いで便器に吐き出した。

土屋を早めに自宅に送ってやれ。そう新人たちに命じ、今垣は居酒屋を出て署に向かった。

小交代をし、任務に就く。

救急出場指令が出たのは、それから間もなくのことだった。指令は、アパートでの負傷者発生を報じていた。

場所はK町三丁目、現場の名称は「アークサトウ二〇二号室」。最初の通報はこのアパートの大家からもたらされたものらしい。

二人の隊員とともに、感染防止衣を纏(まと)い、ヘルメットを被(かぶ)って救急車に乗り込んだ。

通信指令センターが送ってよこした追加の情報は車内で受けた。住人の女が自殺を図ったようだった。その女が事前に大家に対し、

《ご迷惑をおかけします》

との一言を電話で伝えてきたことから、異変を感じた大家が消防署に連絡をした、という順序のようだった。

現場のアパートに到着し、階段を駆け上がった。ノックはしなかった。この部屋には、これまでにも何度か訪れている。個人的な用事で——。

通報した大家が解錠したということだろう、鍵は開いたままになっていた。

【高槻】と苗字だけ出た表札を横目に、部屋に入る。

——三咲季っ。

思わず名前を呼びそうになり、他の隊員の手前、今垣は慌てて口をつぐんだ。

三咲季は風呂場に倒れていた。花柄のワンピースを着ている。まだ一度もデートには着てきたことのない服だった。

「何を飲んだっ」

三咲季の頭部を膝の上に抱えると、彼女は薄く目を開けた。

「……ごめんなさい」

消え入りそうな声で呟いた三咲季の口の中には、これは酔い止めだろうか、溶けずに残っていた錠剤の欠片が認められた。

見ると、床にはこれと別の丸薬やカプセルがいくつか転がっている。

状況からして彼女は、何種類かの市販薬をまとめて一気に飲み込んだようだった。

今垣は同行した隊員に、部屋の床やゴミ箱を調べ、そこから薬の外箱や効能書を拾い出しておくように命じた。病院に搬送した際、服用した薬の成分がはっきりしていれば、医者も処置をスムースに進められる。

隊員はリビングの戸棚を開けた。薬が入っているものと思われる罎や缶の類がいくつか並んでいる。それが風呂場からもよく見えた。ラベルの向きが不揃いのため、隊員はいちいちそれらの向きを変えなければならず、確認するのにだいぶ手間取っている。

その様子にも注意を払いながら、今垣は三咲季を空のバスタブ内に入れ、彼女の顔が蛇口の下にくるようにした。

市販薬の大量服用の場合、一般には飲んでから四時間以内であれば、その場ですぐに吐かせるべきだ。催眠薬やアスピリンなど、消化管の運動を抑える薬物を大量に飲んだときは、四時間以上経過していても吐かせた方がよい。吐かせるには、水を飲ませた方がやりやすい。

蛇口を捻（ひね）った。三咲季の鼻腔（びこう）を手でカバーしてやりながら、もう一方の手で樋（おけ）を作り、蛇口から落ちる水を飲ませてやる。

――心配ないからな。

三咲季の耳元に囁（ささや）いたあと、今垣は彼女の口に指を入れた。舌の付け根を強く押してやると、当然のように、先の居酒屋での出来事が思い出された。こうまで短時間のうちに続けて同じ救助行動をとる羽目になった事例は、最近では他に思い出せなかった。

4

食事は終わったが、署内の厨房（ちゅうぼう）にはまだ、めんつゆの甘い匂いがこもっていた。

災害出動もしくは署外活動でない限り、勤務中の職員は消防署から出てはいけない決まりになっている。こうなると問題になるのが食事だ。

配達弁当や店屋ものに頼ってばかりでは飽きるし、出費もかさむ。では弁当を持参すればよさそうだが、一回の勤務は基本的に二十四時間に及ぶため、それも難しいのだ。

そのような理由から、消防署員の食事といえば、自炊という形に落ち着かざるをえなかった。ちなみに、先輩職員から聞いたところによると、全国どこの消防署でも、メニューとしては肉うどんの率が一番高いらしい。

食事作りも後片付けも一般的には若手の仕事だが、パワハラ事案の発生を極端に怖れている署長の意向で、この漆間分署では、それを新人だけに押し付けることは厳禁とされている。奉職二十年目、ベテランと呼ばれる域に入った自分が、こうして皿洗いをしている背景には、そんな事情もあった。

「江戸時代には――」布巾でテーブルを拭きながら大杉が言った。「寺の小坊主に惚れたせいで家に火をつけた娘がいたそうですね」

「『八百屋お七』か」

家が火事になれば寺に避難できる。だから寺小姓に惚れたお七は、彼に会いたい一心から放火した。そんな古びた話をいまの若い新人が知っているのが少し意外だった。もしかしたら消防学校で教えているのかもしれない。

「ええ、それです。この前の、薬を飲んで運ばれた女の人ですけど、彼女がまさにお七じゃないですか」

「すると寺の小姓は誰だ」

「決まっていますよ。言わせるおつもりですか」

大杉はニヤつきながら、こちらの目をじっと覗き込んできた。

漆間分署に訪ねてきた女と今垣係長が付き合っている。噂はとっくに和佐見署全体を駆け巡っていた。その女が自殺騒ぎを起こし、偶然にも今垣本人が駆けつける事態となったことも、言うまでもなく知らない者はいない。

「馬鹿言え」
「違うんですか」
「ああ」
「絶対に違います？」
「しつこいな」

三咲季との交際は順調だった。彼女には無理に救急隊員を呼ぶ必要などないのだ。今垣という男に会いたければ、直接本人の携帯電話に連絡すればいい。勤務のシフトに入っていないかぎり、彼はほいほいと出かけて行く。

一昨日、市販薬を何種類かいっぺんに飲み込んだ三咲季は、現在も市立病院に入院している。病院食にヨーグルトが出るのだが、ジャムの量が少な過ぎて食べづらい。そんなことを今朝のメールでは知らせてきていた。

《明日は非番だから見舞いに行く》

こちらの返信には《うれしい》の一言だけが返ってきた。寂しいと言えば寂しすぎる文面だが、無理に顔文字などを使わないところが三咲季らしかった。

それにしても分からない。どうして三咲季は自殺の〝真似事〟などに踏み切らなければならなかったのか。

彼女と初めて会ったとき、あの河原では、おそらく本気で死のうとしていたのだろう。だがアパートでの一件は違う。あれは明らかに狂言だ。飲んだ薬が致死量には遠く及ばなかった。衣服がワンピースだったという点も、不信感に拍車をかけている。自分の経験からして、女性が死を決意した場合、服装の乱れを気にしてスカートは避けるのが普通だ。

すぐ隣のシンクで大鍋を洗っている土屋を見やると、彼は少し疲れた顔をしていた。蛇口から流れる水を見ているうちに、先日、居酒屋で経験した苦しさを思い出したのかもしれない。

「土屋、おまえは薬局でアルバイトをしていたと言ったな」

「はい」

「店の人から教えてもらわなかったか」

「何をでしょうか」

「アルコールは胃からも吸収されるってことをだよ」

「……教えては、もらっておりません」

「アルコールが吸収されるとき、水もいっしょに取り込まれる。だからビールなら、胃袋にそれほど溜まりはしない。だがな、水だけだと胃からは吸収されないんだ。飲んだそばからどんどん溜まっていく一方なんだよ」

そしてこれは言うまでもない常識だが、胃は、ある程度の量を蓄えると嘔吐反射を起こしてしまう。もっとも、一度あれぐらい痛い思いをしておくことは悪くないかもしれない。失敗を体に覚えこませておけば、将来にわたって土屋がこの知識を忘れることはないだろう。

「とにかく、ビールと水の飲み比べで、水が勝てる道理がないんだ。覚えておけよ」

「……よし」

土屋は、洗い終えた鍋を布巾で拭き、シンク上部の吊り戸棚の中にしまった。その鍋を、今垣は棚から取り出し、シンク横のカウンター上に置き直した。

「すみません」

拭き残しの水滴があったものと勘違いしたようだ。焦りながらもう一度布巾を鍋の表面にくまなく当て、内側も別の布巾で拭き取り、目の高さに掲げて繰り返し確認してから、再び吊り戸棚にしまう。

今垣がもう一度その鍋をカウンターに戻すと、土屋は顔色を変えた。

「ちゃんと拭きましたけどっ」

言ったあと、鼻で吸い込む息の音がここまで聞こえてきた。さすがに温厚な性格の土屋も、訝るより先に憤慨の色を露にしている。

「悪いな。もう一度だけしまってくれ。頼む」

「……よし、です」

こっちが大人しく謝ったせいで、土屋も拍子抜けしたようだった。憤慨の色は消したが、かすかに首を傾げることで、訳が分からないという意思表示だけはし、とりあえず言われたとおりに鍋を戻す。

「ありがとう。ところで土屋、薬局経験者のおまえなら、パロセキチンていう言葉を知っているよな」

「……すみません、もう一度言ってもらってもいいですか」

「パロセキチンだ」

手を口で覆い、土屋はぷっと吹き出した。

「何ですか、それ。違いますよ」

「そうだよな。間違えた」

今垣も笑ってみせたが、顔が強張（こわば）ってしかたがなかった。

5

ベッドテーブルの上には、病院食についてきた白い紙ナプキンが一枚、まだ残されたままになっていた。

それと、これは同室の入院患者からのお裾分けだろうか、レモンも一個載（の）っている。

今垣は紙ナプキンを広げた。そして四隅を捻り上げ、触角のような細長い形にしてから、それをレモンに被せた。

四隅の捻った部分を手足に見立てれば、その形状はちょうど亀にそっくりになった。

甲羅の部分を指で軽く押してやると、白い亀はコロコロと小さな音を立てながら前に進んだ。

まるで酔っ払いが見せる千鳥足のように、左右にフラフラと揺れるところが面白い。レモンの形が正確な球形ではないため、真っ直ぐには進まず、予想のつかない動きをするのだ。

その様子に、三咲季は声を出して笑った。

上着に挿していた水性のサインペンで、ナプキンに三咲季の似顔絵を描いてやると、彼女は手を叩いて毛布の上から腹部を押さえた。

この病室は四人部屋で、ベッドはみな塞がっているが、他の三人は検査にでも行っているのか、いまは揃って出払っており、事実上の個室状態だ。少々騒いだところで誰に迷惑をかける心配もなかった。

「今垣さんは名医ですね。病人には笑いが一番といいますから」

「見舞いの品は、このレモン亀一匹で十分かな」

「他にあるのなら、遠慮なく頂戴しますけど」

今垣は持参した手提げバッグに手を入れた。まず取り出したのはインスタント味噌汁の箱だった。

「練炭で自殺しようとした人が、味噌汁の匂いをかいだところ、死ぬのを思いとどまった。そんな話を昔、先輩から聞いたことがあるんだ」

「それは、どうしてでしょう」

「味噌汁の香りが、母親に見守られていたころの安心感をよみがえらせたから、というのが理由らしいよ」

「なるほど。そういえば、人間の五感のうち、記憶と一番しっかり結び付いているのは嗅覚だそうですね」

自分の言葉に何度か頷いてから、三咲季は俯いた。

「すみませんでした。……馬鹿なことを繰り返してしまって」

そのか細い声にはどう対処していいか迷った。気にするな、といった台詞はやや無責任だろうし、いいんだよ、と慈父のような微笑みを返してやっては甘すぎる。

「それから、ご希望のこれも持ってきたよ」

結局、この下手をすれば湿っぽくなりそうな場を切り抜けるには、もう一つの見舞品で話題をそらすに限ると判断した。今垣はまたバッグに手を入れ、今度はそこから三百五十グラム入りのブルーベリージャムの壜二つを取り出した。

三咲季に手渡す。彼女は礼を言ったあと、二つの壜を、ラベルを壁の方へ向ける形でベッドサイドのテーブルに置いた。

「相変わらず、お忙しいんでしょう?」

「まあ、救急係はいつもどおりだよ。いまは消防係の方が大変かもな。景気が下向きだから」

「景気が悪くなると、火事が多くなるんですか」

「そう。正確には放火魔がぞろぞろ出てくる、と言ったらいいかな」

経済と放火は深い関係にあるから、不況になると消防署は警察と連携して不審者への警戒を強化しているんだ。そう教えてやったところ、三咲季は深く溜め息をついてみせた。

「消防官というのも、緊張のせいで神経が磨り減りそうなお仕事なんでしょうね、きっと」

「ああ。警察官に自殺が多いのは有名な話だけど、実はこっちも事情は同じだよ」

消防官の中にも、いわゆる惨事ストレスから心を病み、自死を考える者は少なくない。また、拝命時に抱いた理想の高さに実力がついていかず、深刻な自己嫌悪に陥って命を絶った同僚も何人か目にしてきた。

「それから、これも警察と、あと自衛隊なんかとも同じで、パワハラもやけに多くてね。そのせいで首吊りや飛び降りを図る職員も後を絶たない」

消防官の自殺が警察官の場合ほど頻繁に起きていないのは、人命を救助する側が死んでどうする、といった自制心がぎりぎりのところで働くからだろう。また、一所に固まって待機している時間が長いため周囲にいる仲間たちが、危険なサインを敏感に察してやるというケースも多いようだ。

「我々を、人を助けるヒーローだと思っている人がいまだに多いと思うけれど、本当のところはちょっと違うな」

自分に言わせれば、消防官は誰もみな、いつ顔を出すか分からない闇を抱えたまま、それをぎりぎり押さえつけている危うい存在だ。

「だから職員研修会も頻繁に開かれていてね、この前もメンタルヘルスというものを習ってきたところだよ。——そうだ、ちょっとテストをしてみようか」

今垣はレモンに被せていた紙ナプキンを剝ぎ取った。適当に何度か千切り、三咲季の似顔絵を描いた線が邪魔になる部分は廃棄し、不恰好ながら十枚の紙片を作る。さらに紙の隅には①から⑩までの番号も書き入れた。

そして三咲季にサインペンを渡して言った。

「これに自分の大切なものを、一枚に一つずつ書き込んでもらえるかな。目に見えるものの見えないもの。具体的なもの抽象的なもの。どんな言葉でもいいよ。『家族』や『恋人』でもいいし、『愛情』や『マイホーム』といった言葉でもいい。ぱっと心に浮かんだものを書きとめてほしい。——じゃあ始めて」

サインペンを持った三咲季の右手は、すぐには動かなかった。

自分がそばにいるから書きづらいのかもしれない。心の中を覗かれるようなことならなおさらだ。

思案顔の三咲季がペンの尻を頰に当てているあいだ、今垣が思い出したのは昨夕の光景だった。

食事の後片付けをしたとき、土屋が見せた動きだ。高校を出たあと消防官の採用試験に受かるまでの二年間、スーパー内の薬局でアルバイトをしていた若者は、鍋に刻印されたメーカーのロゴマークを手前にしなければ気が済まなかった。吊り戸棚の中に三回しまわせたが、三回とも、きっちりとロゴが前に向くように、わざわざ微調整しながら置いていた。

わずか二年間の経験だけでもああなるのだ。商品を並べて売る場所で働けば、自然とそのような癖がつく。

では同じく薬局で、アルバイトの土屋の三倍の期間、薬剤師として六年間働いていたという三咲季はどうなのか。

今垣はベッドサイドのテーブルに目をやった。

先ほど渡したジャムの壜が二つ置いてある。無造作にラベルを向こう側にして――。

三咲季が十枚の紙片を埋めるまで、かかった時間は五分ほどだった。

①「家族」
②「食べていける仕事」
③「自分を表現すること」
④「安心できる居場所」
⑤「自然に包まれて過ごす時間」
⑥「健康であること」
⑦「想像力」

⑧「思い出」
⑨「命」
今垣は、自分はどう回答したかを記憶から引っ張り出した。照らし合わせてみると「仕事」、「健康」、「命」の三つが重なっているようだ。

自分がそうだったように、三咲季もまた九番目まで書いたところでサインペンの動きを止めた。

結局、最後の一枚には、恥ずかしそうに一度、こちらの顔をちらりと見やったあとで、
⑩「命の恩人」
と書き込んだ。

「じゃあ、その中から一枚ずつ、まず、優先順位の低いものを選び出してもらえるかな」

かなり迷う素振りを見せてから、三咲季は⑤を選んだ。

「その紙をくしゃくしゃに丸めてもらえるかい」

床に置いてあったゴミ箱を持ち、三咲季が捨てやすい位置に掲げてやると、彼女は選んだ紙を遠慮がちに緩く丸め、その中に放り込んだ。

「精神科医の先生によると、これが生きる、ということらしい。つまり、人が死んでいくというのは、こうして一つずつ大切なものを失っていく過程だというんだな。――この調子で、不要だと思うものから順番に丸めて捨てていってごらん」

不恰好な形に破った紙片の上を、三咲季の手は十五分ほどかけて彷徨い続けた。結果、

⑧、⑨、⑩の三枚が残った。

「もっと続けてみるかい」

三咲季は頷いた。胸に感じるものがあったのか、少し涙ぐんでいる。目尻を薄く濡らしたまま、瞬き(まばた)もせずに三枚の紙片に向き合う三咲季。そんな彼女の様子を前に、いま、おぼろげにだが、ようやく分かったような気がしていた。なぜ彼女が、あのような狂言自殺をしなければならなかったのか。その理由が。

先日、テレビ局のインタビューを受けたあとのことだ。三咲季の前で、自分はうっかり、朝恵が自殺に使った薬を「パロセキチン」と口にした。正確にはセとキが逆で、「パロキセチン」という名称なのだが、どういうわけか三咲季も同じようにセとキを入れ違えたまま発音していた。薬剤師であるはずの彼女が、だ。

自宅に戻ったあと、何かのきっかけで彼女は自分のミスに気づいたのではないか。その直後から不安に駆られ始めたことだろう。このままでは嘘がバレてしまうのではないか、と。

彼女を不必要な狂言自殺に走らせたのは、そんな焦りだったのかもしれない。

――自殺のやり方には、職業が反映されることが意外に多いようです。

たまたま耳に挟んだその短い言葉だけを頼りに、自分は薬と縁が深いことを必死になって印象付けようとした。そこまでしなければならなかった彼女の過去とは何なのだろう。

風俗店か、それとも刑務所にでもいたのか。三咲季がかつて、どこで何をしていたのかはまだ分からない。いまのところはっきりしているのは、それが、けっこうな無理をしてでも伏せたままにしておきたい過去らしい、ということだけだ。

長く迷ったすえ、三咲季は残った三枚のうち⑧を、手が筋張るほどの力をこめ、ぐしゃぐしゃに丸め始めた。

白雲（しらくも）の敗北

1

昼食の準備はほぼ終わった。あとはサラダを作ればいい。レタスの葉を剝いてボウルに入れればおしまいだ。

土屋崇文はハミングをしながら、冷蔵庫の野菜室を開けた。

「何ていうんだ、それ」

背後からの声に振り返ると、目の前に栂本俊治の太い首があった。いま鼻で歌っていた曲の題名について訊いているらしい。

「分かりません」

今朝のラジオでちょっと小耳に挟んだだけですから、と説明した。

「初めて聴いた曲なのか。よく覚えられるな」

「ええ、まあ。でも、これぐらいしか特技はありませんよ」

　どんな旋律でも、一度聴いたら勝手に録音してしまう。物心ついたときから自分の耳と脳にはそんな機能が備わっていた。

「特に一人で単純な作業をしているときなんかに、最近聞いたメロディが勝手に鼻歌になって出てしまうようです」

「そんなやつがどうして消防官になるんだよ。進む道を間違えたんじゃないのか。せっかく授かった才能を活かさなきゃもったいないだろ」

「でも、音楽の成績はずっと3でしたので」

　ただ〝耳コピー〟ができるというだけで、楽譜は読めない。絶対音感というやつを持ち合わせているわけでもないから、周囲の物音がドレミファの音符になって聞こえたりもしない。

「じゃあおれの勝ちだな」

「4だったんですか」

「舐めんな」

　梱本は分厚い胸板の前で、片手の指を全部広げてみせた。

「自慢じゃないが、楽譜ならばっちり読めるぜ。採譜ってやつもできる」

「誰かに習ったんですか」

　冷蔵庫から取り出したレタスを組板に載せながら、そう訊いてみた。採譜など、特別な訓練を受けなければできるようにはならないだろう。

「ああ」

「誰にです？」

「親父にだよ。高校で音楽の教師をやっている。もう定年が近いけどな。まあ、そういうインストラクターが身近にいたんで、小さい頃に家で教わることができたわけだ」梅本はにやりとして、健康そうな歯を覗かせた。「どんなもんだ。恐れ入ったか」

「はい。すると、梅本係長も一度聴いただけで耳コピーができるんですね。ぼくのように」

梅本は歯を隠し、横目でじろりと睨んできた。

「失礼しました。じゃあ、二人でやっと一人前のミュージシャンというわけでしょうか」

「だな」と相手が納得したところで、葉を剝く作業に取り掛かる。と思いきや、すぐに梅本の手がレタスを覆い隠してきた。

「ちょい待ち。和佐見消防署漆間分署消防官の心得はもう覚えたか」

「はい」

「その三を言ってみろ」

「『尻に火が点きゃ大火傷。何事も迅速に行なえ』です」

「覚えているなら、そのとおりに行動したらどうなんだ」

「……と仰いますと？」

「レタスを逆さまにして、芯に掌を当ててみな。そして体重をかけて下に押すんだ」

言われたとおりにしてみると、たいした抵抗もなく、芯がレタスの中にめり込んでいった。

「そしたら、芯を螺子だと思って回せ」

回しているうちに、ひとりでに芯が抜けてきた。そうして出来た穴に指を入れてレタスを割ると、簡単に葉っぱがバラバラになった。

なるほど、この方法だと一枚一枚取り外していく手間が省けて、時間の短縮になる。

「消防秘伝の技、ってやつですね」

阿呆、と頭を軽く叩かれた。

「この前テレビでやってたのを、たまたま見ただけだ」

ボウルにレタスの葉を入れ、和風ドレッシングの壜も準備したところで、

「やべっ」

思わず声を出していた。

「どうかしたか」

「茹で卵を作り忘れました」

食事の開始まであと五分しかない。半熟だと怒り出す先輩もいる。分署長など、味噌汁の横に大きめの固茹でを置いておかないと、たちまち機嫌を悪くする。

「和佐見消防署消防官の心得、その四は」

「えと……」

　そんなことより卵だと気を揉みながら、例規集の裏側にメモした言葉を思い出しにかかる。

「『短気は損気、暢気に換気。常に沈着冷静であれ』です」

「分かっているなら、ここは一つ暢気に構えて心の換気をしてみたらどうだ」

　まずは深く息を吐き出した。

　吸って吐くと逆に緊張するから、最初に吐く癖をつけろ——これもずいぶんと消防学校でうるさく言われたことだ。

「ついでに、さっきの鼻歌でも歌ってみろ」

「いえ、そのような場合では」

「いいから歌えよ」

　さっきの曲……。はて、どんなメロディだったか。とっさには思い出せなかった。

「どうした」

「無理強いされると、節が出てきません」

「だったら覚えている曲のうちどれでもいい」

　なぜか頭に浮かんだのは、自分の誕生日が近い、ということだった。

「ハッピーバースデートゥーユー」をハミングし始めると、栂本は、二十合まで炊ける業務用大型炊飯器の蓋を開けてみせた。

　薄い醤油色をした炊き込みご飯の中に、白く輝く滑らかな曲面が六つほど見えた。

「茹で卵は飯(めし)を炊くついでに作る。これが消防流の秘伝だ。卵はよく洗っておいたから問題ない。そのうえ熱で殺菌されるからなおさら大丈夫だ」

「……助かりました」

溜めていた息を吐き出すと同時に、厨房(ちゅうぼう)に設置されたスピーカーが短いアラーム音を三度鳴らした。

《現在、出火報入電中》

土屋は反射的に出口の方へ二、三歩を踏み出したが、炊飯器の蓋を開けっ放しにしていたことに気づいて足を止めた。

「いいから行け」

梠本の手が蓋を払った。ロックがかかる音とともに、背中をどんと押される。

本指令は階段を駆け下りながら聴いた。

《火災出動指令。第一出動。建物火災。現場はY町二丁目「パークハイム白木」》

2

火災現場への出場はこれで四度目になる。今回も緊張が強すぎて欠伸(あくび)すら出なかった。

——怖がるなとは言わない。だが、恐怖を他人に感染させるな。

消防学校時代の担任教官が、たった一度だけ口にしたそんな言葉がいまでも忘れられない。

「パークハイム白木」は四階建ての古いマンションだった。東向きの部屋が一つのフロアに六つ並んでいる。出火元は二階で、北の方から数えて四番目の部屋だ。

三階での人命検索。それが、漆間分署から出場したポンプ隊に与えられた任務だった。

筒先を持つ小隊長の梅本を先頭にして、同期の大杉洋成らと一緒に、土屋は階段を駆け上がっていった。

二階と三階の中間にある踊り場で、ふいに大杉がこちらの肩に太い腕を回してきた。

「おれたちを無敗コンビと呼んでください」大杉は梅本に向かってそう声をかけた。

「配属されて三か月になりますけど、まだ死亡事案に一度もぶつかっていません」

だからこの現場もきっと安全ですよ、とでも言いたいのだろうか。大杉の真意は摑みかねたが、緊張のあまり何か喋らないではいられない、という気持ちはよく分かった。

「そいつは頼もしいな。おれと結婚してほしいぐらいだ」

早口で冗談を返し、残りの階段を駆け上がった梅本。その背中を張り付くようにして追いかけ、土屋は三階廊下の様子を窺った。

幸い、火勢はそれほど強くはなかった。煙の濃さも恐れていたほどではない。視界は六、七メートルほど先まで確保できている。呼吸をするのに支障はないし、面体着装の指示も出ていない。

煙が分厚くて目の前が見えなければ、ホースを持って噴霧注水をし、煙を押し退けながら進まなければならないのだが、いまのところはその必要もなさそうだ。

「ここからは手分けして各部屋の検索に当たる」

梅本の指示を受け、土屋は廊下を走った。

三〇五号室――自分に割り振られた検索場所の前まで来ると、グローブを外した。素手でドアを触りながら、表札を見やる。

【邦光塁】とあった。「くにみつるい」と読むのだろう。なかなか個性的な名前だなと思いながら、グローブを嵌め直した。

密閉された室内に進入する際は、すぐにドアを開けてはいけない。ドアが熱くなっていれば、室内で燃焼が相当進んでいる証拠だ。無理にこじ開けたりすると、内部に酸素を供給することになり、爆発に近い勢いで炎を生じさせてしまう結果となる。

いま指先で計ってみたかぎり、ドアは熱を持っていなかった。

鍵はかかっておらず、ノブは抵抗なく回った。

内部で燃焼は起きていないようだが、それでも土屋は用心し、ドアに体を密着させ、少しずつ開けるようにした。

覗いてみたところ、間取りはいわゆる1Kだった。玄関から入ると廊下があり、その左右にキッチン台や風呂、トイレが付属している。突き当たりが十畳ほどの洋室になっているようだ。

自分の部屋に戻ってきたかのような錯覚があった。分署に隣接する独身寮とほぼ同じ間取りだったからだ。

三〇五号室を満たしているものは二つあった。一つは灰色の煙。もう一つは音だ。住人がラジオかCDプレイヤーを点けっ放しにしているらしく、音楽が流れている。聴いたことのない曲だった。

「誰かいますかっ」

声を張り上げながら歩を進めた。

リビングルームの入口に立ち、最初に目についたのは、奥の壁際に置いてある細長い机のようなものだった。白い板に黒い棒がいくつも規則正しくならんでいる。室内が薄暗かったせいで、それが電子ピアノの鍵盤だと分かるまで、数秒の時間を要した。

もう一方の壁には大きめのパソコンデスクがあり、キーボードと三十インチほどのモニターが置いてあった。

天井を見上げると、リビングの四隅にはスピーカーが設置されていた。音楽はそこから流れ出ているようだ。

要救助者の立てる物音を聞き逃すおそれがあるため、できれば演奏を止めたい。しかしCDプレイヤーがどこか見えない場所に設置してあるらしく、それはかなわなかった。まさか鳶口(とびぐち)でスピーカーを破壊してしまうわけにもいかないだろう。

東側の窓は半分ほど開いていた。しかも二枚あるガラスのうち、一枚が大きく割れている。ガラス片は、室内ではなくベランダの方に散らばっていた。

窓際には布の固まりが落ちていた。縞模様のカーテンが引き千切られ、床に捨てられている。

そのカーテンに包まれるようにして、人が倒れていた。

駆け寄り、抱え起こしてみると、サマーニットを着たその人物は、二十五歳前後の男だった。何となく童顔に見えるのは、頬がピンク色に染まっているせいか。

「邦光さんっ」表札にあった名前を思い出し、男の耳元に口を近づけた。「消防ですっ。これから救助しますっ」

男の唇が動いている。何か言いたそうにしているが、意識が朦朧としているせいか言葉になっていない。

「もう安心ですよっ。あなたは助かりますっ」

自分の声に力がないのが分かった。ピンク色の頬。これは一酸化炭素中毒の典型的な症候だ。

「邦光さん、おれは無敗なんですっ。おれが出た現場では、まだ誰も人は死んでいないんですっ」

完全に意識を失えば、そのまま落命するおそれがある。ぎりぎりの状態だとしても、覚醒させておくに越したことはない。

「だから今回も、絶対に大丈夫ですっ」

耳元で怒鳴りながら、携帯型の酸素マスクを邦光の口に当て、胸元に取り付けた無線機に向かって顔を傾けた。

《三〇五号室に二五二（要救助者）っ。一名っ。男性っ》

無線で指揮隊に報告したあとに、ふと気づいた。

パソコン机の上にA４判の紙が何枚か重ねてあり、その上には銀行名が入った封筒が投げ出されてあった。口の部分から端をのぞかせているのは一万円札らしい。膨らみ方からして二十枚ほど入っているようだ。

普通に考えれば、これだけの現金を無防備に放り出しておく者はまずいない。きちんとした保管場所にしまうだけの時間的な余裕がなかった、ということだろう。

ATMで現金を下ろして外出先から帰宅。窓を開け、音楽を流した。続いて懐から現金の封筒を取り出し机に置く。だが、それを保管場所にしまう間もなく火災が発生。突然流れ込んできた大量の煙に巻かれ意識が混濁。昏倒した際、肘が強くぶつかったせいで窓ガラスが割れた――。

邦光がとったと思われる行動や、遭遇したであろう状況を想像しながら、土屋はパソコンデスクに手を伸ばし、現金の入った封筒を摑んだ。それをサマーニットの襟元から滑り込ませる形で、邦光に持たせてやろうと思ったのだ。

消防官の権限を越える行為だが、このままにしておけば、みすみす大金を焼失してしまうおそれがある。

迷っているうちに、パソコンデスクの上にあったA４紙が床に落ちた。封筒の重みを失ったせいで、何枚か裏返しに重ねてあったうち、一番上の一枚が、外から吹き込む風に飛ばされたのだ。よく見ると、そのＡ４紙は五線譜で、細かく音符が書き込んであった。

結局、現金の封筒を元の場所に戻したとき、玄関の方で防火靴の音がした。

入ってきたのは梅本と大杉だった。

梅本は、素早く部屋全体に視線を走らせたあと、大杉の胸をどんと叩いた。

「出番だ」

「はいっ」

高校時代に相撲部で鳴らした体重百キロ超えの同期が、要救助者を軽々と抱え上げた。すると邦光は梅本に向かって右腕を弱々しく持ち上げ、防火服の袖を摑んだ。左手は天井を指差している。

「ご心配なく」

囁き声を返し、梅本はその手をそっと外した。早く外へ出せと大杉に目配せをしてから、こちらに向き直る。

「風呂場とトイレは見たか」

まだだった。いくら単身者用のマンションとはいえ、要救助者が一室に一人とは限らない。土屋はリビングを出て、トイレの前へと急いだ。

そのドアを開けようとしたとき、にわかに視界が悪くなった。火元の二〇四号室は真下ではなく斜め下の位置にあるが、風の向きが変わったらしく、壊れたガラス窓から吹き込む煙の量が急激に増している。

「面体つけろっ」

リビングから飛んできた栂本の指示に従い、フルフェイスのマスクで顔を覆った。空気ボンベのエアは二十分程度しかもたない。その制限が常に念頭にあるせいか、どうしても呼吸が浅くなる。

防火帽に取り付けたヘッドランプも点灯させ、トイレ内が無人であることを確かめてから、隣のバスルームに移った。

脱衣所を調べ、バスタブの中も覗いてみたが、やはり人影はなかった。

廊下に戻ってリビングの方を見やると、煙の中では、ネイビーブルーの表生地に黄色い反射ラインの入った防火服が、いまだに動いていた。栂本が残って何かをしている。

汗が目に入った。瞬き(まばた)を重ねて痛みに耐えているうちに、耳が捉(とら)えたのは、ベリッとマジックテープを剥がす音だった。防火服の胸についたポケットの雨蓋だ。あれを開けた音に違いない。

続いて、ガサガサと書類を何かに突っ込むような音も聞こえてきた。

「係長、大丈夫ですか」

濃い煙に向かって大声で訊いた。マスク越しの会話は通常の倍も体力を使う。

「問題ない」

落ち着いた声で返事があり、一拍遅れて、面体を装着した栂本が煙を割るようにして姿を現した。

「誰もいませんでした」

「よし。検索終了だ。いったん出るぞ」

マンションの外に出て面体を外した。

周囲は後着隊の車両と野次馬でごった返している。消火に手間取る事情が何かあるのだろう、二〇四号室から出ていた炎はまだ消えず、その舌先は三〇五号室のベランダを舐め始めているし、立ち上る黒煙も厚みを増す一方だった。

すでに病院へ向かったらしく、救急車はどこにも見当たらなかったが、大杉の巨体はすぐに目についた。

さっきの人はどうなった――そう問い掛けるつもりで大杉に駆け寄ろうとしたが、一歩を踏み出したところで足を止めた。

煤(すす)で汚れた大杉の頰に涙の跡が見えたからだ。

3

十七インチの液晶画面に報告書のフォーマットを開いたものの、手はキーの上で静止したままだった。指先はノートパソコンの熱ですっかり温まっている。

昼間に経験してきたマンション火災。そこで自分がどう行動し何を学んだのか。詳細に記述して提出しなければならないのだが、ほとんど焼失してしまった三〇五号室の惨状ばかりが頭に浮かび、ほかの映像がなかなか想起できない。

気がつけば、何度もそっと溜め息を吐き出していた。

邦光という男性が搬送されたのは市立病院だった。大杉の涙で心構えは出来ていたはずだが、病院から正式に死亡の連絡があったときには改めて胸が痛んだ。

そういえば邦光はカーテンに包まれた状態で倒れていた。あれは、いまわの際に引き千切った、ということかもしれない。

マンションなどの火災で、炎の広がりをいくらかでも食い止めるには、窓ガラスの近くから可燃物を取り除いておくことが肝心だ。被害が上階に及ぶパターンの一つが、カーテン伝いの延焼なのだ。

カーテンの引き千切りは、邦光が意識的にやったことではないのか。防災について、それだけの知識を持っていた人だったのだろう。そう考えると、救命できなかったことがより一層悔やまれる。

いきなり背中を誰かにどんと叩かれた。首を捻らなくても梱本だと分かった。

「この世のどこにもいやしない。無敗の消防士なんてのはな」

「……はい」

「報告書は待ってやるから、ちょっとこっちに来てみろ」

梅本は背を向け、さっさと事務室から出て行こうとする。彼は常に早足だ。やけに面積の大きい背中を小走りに追いかけた。

梅本が向かった先は、分署の裏手にある水槽の前だった。

汚れた防火服を水に漬け置きしておくための水槽だ。サイズは縦三メートル、横二メートル。深さは七十センチぐらいか。コンクリートで四方を囲っただけの簡素なもので、すぐそばに水道の蛇口があり、水を補給できるようになっている。

「ありがたいね」

梅本は空を見上げ、わずかに目を細めた。

日没の時刻になり、西の空には色の濃い雲が重く垂れ込め始めている。火消しにとって雨は望むところだ。

「消防学校を出たばかりの新入りが配属されて来たとたん、急に火事が多くなる場合もある。アメリカの消防署じゃあ、そういうルーキーを『黒い雲』と呼ぶらしいな。おまえは白い雲でいてくれよ」

どう返事をしていいか分からない。曖昧に頷くことしかできなかった。

「さてと」梅本は水槽に浮いている何着もの防火服に顔を向けた。「これを洗ったことがあるか」

「いえ、まだ」

過去三回の出場でも防火服を着用したが、いずれも小火で、現場到着時には鎮火していた。洗うほどの汚れを経験したのは、今日の現場が初めてだった。

消防学校でも、もちろん防火服を着ての訓練があった。かなり汚れもしたが、業者がまとめてクリーニングするという方法を取っていたため、自分の手で洗ったことはない。

「だったら、やり方を教えてやる。水槽の中から一つ拾いあげて地面に広げろ」

その言葉に従ったところで、デッキブラシと洗剤を渡された。

「これで汚れを落とせ。あまり強く擦(こす)るなよ。力を入れすぎると表側の撥水(はっすい)加工が剝(は)げちまうからな」

噂(うわさ)には聞いていたが、本当にこうした原始的なやり方をするらしい。

各分署には防火服専用の洗濯機と乾燥機が備え付けてあるに違いない、と配属される前は思い込んでいた。ところが実際には、そんなものは署内のどこにも見当たらなかったから、嫌な予感を抱いていたところだった。

仕事の重さに対して予算の額が見合ってない。そう感じさせられることが現場ではずいぶんと多い。

うっかり溜め息をついたりしないよう気をつけながら、デッキブラシを動かし始める。

「けっこう上手いじゃないか」

「高校時代に、プール掃除のバイトをしていましたから」

なかなか落ちない得体の知れない汚れもついていて、一着を洗い終えるまで予想以上の時間を要した。

「きれいになったら、古タオルをデッキブラシに巻きつけて水分を取れ。最後は風を通して十分に乾かす。分かったな」

「はい」

「おまえは筋がいいから」栂本は水槽の方へ顎をしゃくった。「全員の分を頼む」

「……全部、ですか」

「そうだ。分からないことがあっても心配するな」

　栂本は腕組みをして水槽の縁に腰掛けた。そばで監督してやる、ということらしい。

4

　部屋がノックされ、百キロ超えの巨体が玄関口に立ったのは、午前七時半ちょうどのことだった。

「ほら、来てやったぞ」

　面倒くさそうに言って大杉は、小指の先で耳を掻いた。

　同じ独身寮に住んでいるからとはいえ、昨晩の電話で約束した時間に十秒と狂いはなかった。消防学校に入校したときからそうだ。時間に几帳面なのは高校で相撲部にいたからだ、と本人は言う。練習に一秒でも遅刻すると、上級生によるいわゆる〝可愛がり〟が待っていたようだ。

このまま自室へ戻らずまっすぐ分署へ行くつもりだろう、青い活動服に身を包んだ大杉は、出勤に使っているセカンドバッグを手にしていた。着ているものと持っているものがこれほどマッチしていない例は珍しい。

それはそうと、やけに不機嫌な顔をしているのはどういうわけなのか。

とりあえず朝早くから来てもらった礼として、缶コーヒーを一本放り投げてやった。大杉の手に収まると、百九十ミリリットルのショート缶がよけいに小さく見える。

「来てやったぞ、ってのは何だ。言葉遣い（づかい）に気をつけろ。ただいま参上しました、御用を仰ってください、だろ」

「ふざけてんのか」

「そっちはいま二十歳だよな」

「それがどうした。おまえもだろが」

「残念でした」

七月十日。今日は誕生日だった。大杉より一か月早く二十一になった。

「先輩には敬語を使うように」

大杉は呆れた顔で缶コーヒーのプルトップに指先を引っ掛けた。

「いいからさっさと用件を言――」

そこで大杉が言葉を切り、コーヒーを口に運ぶ手も止めたのは、床を薄く流れてくる煙に気づいたからに違いなかった。

目測で秒速一メートル。火災時の煙とほぼ同じ速度で、このリビングから出て行った煙は、廊下を進み、大杉の立っている玄関の方へと移動していく。

大杉があっけにとられた様子を見せたのは束の間で、次の瞬間には、半身になって身構えていた。

「心配するなって。消防官が自分の部屋で火事なんか出すかよ」

「だったら何だ、この煙は」

手招きして大杉をリビングに呼び込んでから、床に置いた小皿を拾い上げた。皿には灰色の球体が一個載っている。これが煙の発生源だ。

粉末状に砕いた線香を二十グラム。防虫剤のナフタリンも粉にして二十グラム。そして画材店で買った松脂（まつやに）を十グラム。

この三つに水を加え、指先で捏（こ）ねて丸め、充分に乾燥させた。そうして作った小さな球体に、大杉の来訪と同時にマッチで火を点けたのだった。

非番だった昨日、半日を潰して作ったこの煙幕発生装置は、もちろん自分が発明したものではない。インターネット上のとあるサイトに載っていた作り方を見て、そのとおり真似（まね）て拵（こしら）えただけの代物（しろもの）だ。

「どうだ、本物の火事らしいだろう」

「本当に害はないんだろうな」

「ない」

と、そのサイトには書いてあった。

「おれを脅かすために呼んだのか。それとも、いまから避難訓練でもやらかすつもりか」

軽口には取り合わず、リビングの入口に立っているように頼んだ。

「いまからぼくがやる動きを、そこで見ていてほしい」

すでに煙は室内に充満していた。十日前のマンション火災で現場に踏み込んだときの視界が、ちょうどこれぐらいだった。

土屋は、机の抽斗、クローゼット、ベッドの下など、物を収納できそうな場所を全部開け閉めして回った。そして最後に、あらかじめ机の上に準備しておいた茶封筒をジャージのポケットに突っ込んでみせてから、大杉に訊いた。

「いまのぼくは、何をしていたように見える?」

「泥棒だろ。どう見たって」

「やっぱりそうか」

「当たり前だ。だからどうした」

「ぼくは、ある人が同じ動きをしているのを見た。現場でな。この前、出場したときにだ」

「ある人? 誰だよ、それ」

「係長だよ。栂本さんだ」

「パークハイム白木」三〇五号室でバスルームの検索を終えたあと、リビングの方を見やった。そのとき煙の中で栂本がとっていた行動が、いま自分が再現してみせたとおりのものだった。

邦光は机の上に現金入りの封筒を置いたままにしていた。自分がいったん手に取ったが、結局は元に戻したあの封筒だ。それを栂本は防火服のポケットにねじ込んだのではないか。そんな疑惑がずっと頭から離れなかった。

「ちょっと待てよ。――ったく、手の込んだことしやがって」

大杉はますます不機嫌な顔になり、手にしていた缶を小皿の上で傾けた。コーヒーを浴びた煙幕玉がジッと音を立てる。

「こんな茶番のために、わざわざおれを呼んだのか」

「茶番ってことはないだろう」

あの現場を見てしまった。その直後から栂本は、何かと理由をつけては居残り作業を命じてくるようになった。

防火服の洗濯、車両や機材の整備、訓練施設の清掃……。これも修業だ、などといい加減な理由をこじつけては、こちらに一人で作業をさせ、自分はその様子を腕組みしながらじっと見ているだけなのだ。

「ぼくを辞めさせるための嫌がらせじゃないのか、あれは」

同意を期待して訊ねてみたが、大杉は返事をしなかった。代わりに仏頂面のまま近寄ってくると、リビングの窓を開け放った。そうして煙を外に逃がし始めてから、こちらの顔を覗きこんでくる。

「出勤する前にワイシャツを替えたらどうだ。鼻毛も出ているぞ。ちゃんと切っていけ」

「おまえに言われる筋合いはない」

「いいから、きれいな恰好で行けって。表彰を受けるときぐらい」

「表彰？　誰が受けるんだ」

「おまえに決まってるだろ。分署長賞だ」

和佐見消防署で分署長賞といえば、内輪で出す非公式なものだ。誰かに自慢できるほどの賞ではない。だが新人がもらう例は少ないと聞いている。

「同期に差をつけられたんだ」大杉は自分の顔を指差した。「不機嫌なツラをしていても当然だよな」

「待てよ。こっちは褒められるようなことなんか何もしちゃいない」

「救助したろうが、立派に」

「誰を助けた？」

「人命じゃない。芸術ってやつをだ」

大杉の言う意味がまるで理解できなかった。

「ただし、署長が言うには」

大杉は、カラーボックスの上に置いてあるＣＤプレイヤーの前まで来てしゃがみ、持参したセカンドバッグを開けた。そこから一枚のディスクを取り出し、プレイヤーにセットする。

「『これを聴いてから出て来い』だそうだ」

彼の太い指が再生ボタンを押すと、静かな旋律が流れ始めた。楽器はフルートだろうか。甘さも憂いもないが、少しずつ上昇してゆく音の響きが妙に印象深く、耳に心地よい曲であることは間違いない。

だが不思議なことに、そのメロディは、聴覚よりも嗅覚の方に、もっと強く訴えかけてくるものだった。聴いているうちに、土屋はいつしか、煙の臭いを鼻腔にはっきりと感じ取っていた。

これは以前にも耳にしたメロディだ。そう、火災の現場で――。

《ただいまの曲名は》

五分間ほどを要して演奏が終わると、平板だが落ち着きのある、だが半分泣いているかのような女性の声が聞こえてきた。

《「私的なプレリュード第五番」でした。これは第二十二回環太平洋作曲コンクール新人部門応募作です。なお、作曲者は邦光塁でした》

「いまのは邦光さんの母親の声だ。このCDは彼の親族が作ったらしい」

「あの人は作曲家だったのか」

「ああ。その卵だった、と言えばもっと正確だけどな」

梠本があの現場で本当は何をしていたのか、おぼろげながら分かり始めていた。

邦光の部屋で流れていたのは、彼がコンクールに応募するために作った曲だった。あのとき邦光は天井を指差した。その僅かな動作だけで梅本は、彼が何を望んでいるかを悟ったに違いない。

──助けてください。いま流れている音楽を。

消防士の仕事は人命の救出であり物品の運び出しではないが、情に負けた梅本はCDを持ち出すためにプレイヤーを探し始めた。

それはやはり見つけられなかったが、代わりになるものを発見し、防火服の胸にしまいこんだ。

「梅本係長がポケットに入れたものは──」

「そう、楽譜だ。ただし、どういうわけか最後のページだけがなくなっていた」

風で吹き飛び床に落ちた一枚が思い出された。

「だから係長には、おまえの力が必要だったんだよ」

5

髪の毛が焼けるような……。吐き気を催すような……。粘りつくような……。胃液のような……。

茶碗を洗う手は休めずに、悪臭を形容する言葉をいろいろ思い浮かべてみた。

防火服の何が嫌だといって、それが放つ臭いだ。出場のたびにこびりつき、何重にも蓄積された煤、煙、汗、脂……。どんな化学反応のなせる業なのか知る由もないが、それらが混じり合って放つ臭気は凶悪といっても過言ではない。

そっと鼻腔を広げ、自分の体から立ち上る臭いを嗅ぎ取ってみる。

案の定、また軽い吐き気がこみ上げてきた。

正午過ぎに山間部で発生した野火は小規模で、消火作業自体はものの十分ほどで済んだ。とはいえ、防火服の〝残り香〟は皮膚にしっかりと食らいつき、容易に消えてくれそうにはない。

夕食は好物のカレーうどんだったが、この臭いが気になり味を楽しむどころではなかった。

堆肥を雑巾で包んだような、という形容詞を思いついたのは、十人分の食器を戸棚にしまい終えたときのことだ。

厨房から事務室に戻り、自分の椅子に腰を下ろした。すると同時に、誰かの手が横から伸びてきて、目の前にアルマイトの灰皿が置かれた。その中心部には、火の点いた白い蠟燭が一本立てられている。

灰皿を置いた筋肉質の腕を上方へたどっていくと、煉瓦ブロックを思わせる頑丈そうな鼻柱があった。その主である栂本は「ハッピーバースデートゥーユー」のメロディをハミングしてから口を開いた。

「今日でいくつになった？」

「二十一です」

梱本が今度は別のものを机上に置いた。色の濃い小さめのガラス壜に、黄色と赤のにぎやかなラベルが張ってある。栄養ドリンクだった。

「ささやかで申し訳ないが、おれからのプレゼントだ」

一礼をして受け取り、キャップを回した。喉が渇いていたので一息に全て飲んでしまった。

「その壜を使って」梱本は目の前の蠟燭を顎でしゃくった。「この火を消せるか」

「こうですよね」

土屋は蠟燭の真上に壜を逆さまに構え、そのまま手を下ろした。そうして炎を、壜の口から内側にすっぽりと入れる。中の酸素が不足したせいで、炎はすぐに消えた。

「だったら次は」梱本はマッチを使って再び蠟燭に火を点けた。「上から被せずに、壜を近づけるだけで消すことができるか。消防士なら火の消し方ぐらい何種類も知っていて当然だ。できるよな？」

強引に壜の腹を芯に押し付ける、ということだろうか。

「炎と壜を接触させてもいいんですか」

「駄目だ」

だとしたら、思い切り振ってその風圧で消す、というやり方しかない。

「簡単ですよ」

まずは壜の首を持ち、団扇のようにバタバタと炎を煽ってみた。次に、椅子から立ち上がり、肘を支点にしてブンッと振り回してみる。

いずれの場合も、炎は僅かにゆらめきはしたものの、消える気配を見せなかった。

「おまえ、おれを疑っていたんだって？」

梠本が不意討ち的に放った言葉に狼狽しながら、思い浮かべたのは大杉の顔だった。

今朝のやりとりについては黙っていてくれ。そう強く言い含めておいたのだが。元相撲部の同期は、体こそ重いが、口はその反対らしい。

「変に遠慮するな。気になっていることがあれば、人にはっきり訊けばいい。『先輩はあのとき三〇五号室のリビングで何をしていたんですか』。『どうしておれに居残り仕事をさせたんですか』ってな」

「……すみません」

洗濯、整備、清掃。一人で単純な作業をさせられている最中、まったく意識しなかったが、自分は「私的なプレリュード第五番」を鼻歌で歌っていたようだ。梠本が採譜してCDが復元できたのだから、まんざら出鱈目なハミングでもなかったのだろう。

今度は壜の底に近い方を持って同じように振り回してみたが、結果は同じだった。

「どうした。降参か」

壜をテーブルに戻して頷くと、梠本は腕時計に目をやった。

「三分も無駄にしたぞ。これで少しは分かったな。うじうじ悩んでいないで、さっさと人に訊いてみることも、ときには大事だってことが」

「はい。――ではお訊きしますが、どうすればこの火を消すことができるんでしょうか」

「壜を口に咥え、風船を膨らませるつもりで息を吹き込め」

言われたとおりにした。

「次は指で壜を塞げ。いま吹き込んだ息を逃がさないようにしてな」

頷いて、素早く壜の口に親指の腹を押し当てた。

「火に近づけて、指の蓋を外してみな」

そのとおりにしてみると、圧力で飛び出してきた空気が、蠟燭の炎を静かにかき消した。

反省室

1

持参した双眼鏡は八×二十五のタイプだった。倍率が八倍、レンズの口径が二十五ミリという意味だ。これを使えば、四十メートルも先にあるものが、たった五メートルしか離れていないように見える。

志賀野安華はレンズの中で、樹木の根元を探した。いきなり葉や枝を見ようとしてはいけない。まずは根っこに狙いを定め、そこから幹を上に辿っていく。これが、バードウォッチング初心者にとって、一番役に立つコツらしい。

職場の上司である猪俣威昌の趣味が野鳥観察だという。

最近になってそれを知り、どんなものかと一度こっそりやってみる気になった。

それはいいが、思った以上に難しい。

和佐見市の西端にある標高二百メートルに満たないT山。その中腹まで徒歩で登り、こうして双眼鏡を使い始めてから三十分ほどにもなるが、じっくり観察できた鳥は、ほんの二、三羽に過ぎない。

そのとき、背後の林がざわざわと音を立てた。

双眼鏡を顔から離して振り返ると、樹々の中から鳥が一斉に飛び立ったところだった。耳を塞ぎたくなるほどの鳴き声に包まれる。黒い群れが、傾き始めた太陽を覆い隠した。

慌てて双眼鏡を顔に戻したが、鳥たちの動きが速すぎて、やはりただの一羽すらまともに観察することができなかった。

場所を変えようと思い、つづら折りになった山道を下り始める。

山の麓には十五、六戸の民家が点在していた。鍋塚という名の集落だ。

そういえば、最近受けた講習で「鍋の蓋をくれ」という言葉を教わった。自然災害を研究しているその講師が言うには、「ナベ」、「フタ」、「クレ」がつく地名には地滑りの危険性があるらしい。

しばらくして安華は立ち止まり、その鍋塚集落の方へ双眼鏡を向けた。

いま、視界の端に煙を見たような気がしたからだ。

レンズの中で各戸を見回っていったところ、たしかに集落の一部から白い筋が立ち上っていた。

斜面の上と下に、二軒の民家が並んで建っている箇所がある。上の方は大きな二階建ての家。下の方は小さな平屋だ。

二階建ての家には、ここから見て右側に、木造の納屋が付設してある。

煙は、平屋と納屋の中間あたりから上がっていた。ベージュ色のジャンパーを着た四十前後の痩せた男が、建物の陰で見え隠れしている。あの人物が、ゴミや落ち葉を集めて焚き火をし始めたようだった。

器に入っていない裸火で紙屑などを焼却することは、条例で禁止されている。消防官として見て見ぬふりはできない。面倒だが、下まで降りて一言注意しておくか……。

ここから焚き火の位置まで、直線にして百メートルほどだろう。とはいえ、つづら折りになった道路をずっと辿って下りていくとなると、その十倍の距離はありそうだ。

――遠いな。

嫌な予感がして、安華は走り始めた。

次の曲がり角を過ぎたところでいったん立ち止まり、また双眼鏡を麓に向けてみると、ジャンパーを着た男の姿が平屋の中に消えたところだった。火をそのままにして、家の中に入ってしまったのだ。

思わず舌打ちが漏れたとき、ふわっと空気に頭髪を巻き上げられた。

麓の方から山に向かって、急に強い風が吹き始めたせいだった。

突風に煽られた焚き火が勢いを増した。蔦のように斜めに延びていき、納屋に絡み付こうとしている。

安華はガードレールを飛び越えた。まともに道路を走っていたのでは間に合わない。

「初期消火の心得っ」

慌てないよう、声を出すことにした。

「消火器、風呂の湯、三角バケツをまず探せ。天井無事ならまだ消せる。壁の火に、濡らした座布団押し付けろ」

消防官になって五年。漆間(うるしま)分署初の女性レスキュー隊員として救助係に配属される前にも、消防係と救急係を行き来しながら何度も火災の現場を経験している。ただし、年休を取った日に自分がその第一発見者になった、などという事態にぶつかるのは、これが初めてだ。

爪先に衝撃があった。樹木の根に躓(つまず)いたのだと悟ったときには、派手に転んでいた。起き上がってみると、すでに納屋からは猛烈な勢いで灰色の煙が上がっている。口に入った土を吐き出し、肩に提げていたポーチから携帯電話を取り出した。一一九番に通報してから、また駆け出す。

「火事ですっ」

この風向きでは集落まで届きはしないだろうが、とにかく声を張り上げながら藪(やぶ)を漕ぐ。

大声を出すと、自分自身が落ち着き、体勢をたてなおすキッカケがつくられる。そう消防学校では習った。

くように感じられてならなかった。だがこの身には、その教えが当てはまりそうにない。声を出せば出すほど焦っていく

ようやく納屋まで十四、五メートルの距離まで来たとき、息を飲んで目を疑った。

納屋の二階に設けられた窓から、男の子が上半身を外に乗り出すようにして助けを求めている。小学一、二年生ぐらいの男児だ。

顔をくしゃくしゃにして泣き叫んでいたその子の姿は、次の瞬間には、内部から吹き出した煙に巻かれて見えなくなってしまった。

ポンプ車が到着したときには、燃える納屋が放つ輻射熱のせいで、顔の前に手をかざさなければその場に立っていられなかった。

放水は、すぐには始まらなかった。消火栓や水槽などの消火用水源までの位置が遠いせいだ。こうなると、ホース内で生じる摩擦損失が大きくなり、必要な圧力が得られない。そのため、途中にもう一台、別の消防ポンプ車を入れて中継送水をしなければならず、どうしても手間がかかる。

「ここで何をしていた」

ようやく放水が始まると、鋭い声を発しながら近づいてきた消防官がいた。猪俣だ。いまはオレンジ色の救助服ではなく、ネイビーブルーの防火服に身を包んでいる。

「何があった。おまえがここへ来てから見聞きしたことを、最初からすべて話してみろ。できるだけ詳しくだ」

猪俣に説明していると、近くで悲痛な叫び声がした。

背広を着た小柄な男が、納屋に向かって「たかとっ」と何度も叫んでいる。たかと。それが納屋にいた男児の名前らしい。そして背広の男はその父親、石原（いしはら）だろう。二階建ての家に掲げられた表札にあったその苗字については、先ほど確認しておいた。

一方、平屋建ての家にあった表札には【五味（ごみ）】と記してあった。

ベージュ色のジャンパーを着た四十がらみの痩せた男、この火事を起こした張本人の五味は、集まった野次馬の中にいた。

逃げられでもしたら面倒なことになる。猪俣への説明を終えたあと、安華は男の前まで歩み寄り、自分の身分を告げた。

2

「最後に簡単なやつをやる」

分署の一角に立つ訓練棟の前で、猪俣が声を張った。

「まあ、早い話が『おんぶ競走』だ」

続いて詳細が語られたが、それはたしかに、いたって単純だった。砂の詰まった重さ四十五キロの人形を背負って、訓練棟を一周する。それだけだ。

ビル内で有毒ガスが発生。建物の中から次々に人が外へ避難している最中——という設定らしい。

猪俣の手にストップウォッチが握られていることからも分かるとおり、当然、できるだけ速く走ることが要求される。

とはいえ、消防学校にある本格的な施設とは違い、分署に作られた訓練棟などちっぽけなものだ。直方体をした三階建ての建築物で、一辺が五メートルほどしかないから、一周は二十メートル程度しかない。重い負荷に加えてコーナーが三つもあるが、それでも八秒前後で走ることができるだろう。

「じゃあ始めるぞ。古参のやつから順にスタートだ」

男性隊員が走っている間、安華は準備運動に努めた。

九秒五六、十秒〇三、九秒八四……。

猪俣が読み上げるタイムを耳にするかぎり、みんな案外遅い。

「次、志賀野」

救助服の襟を立て、それをマジックテープで止めてから、ヘルメットを被り直した。

気が逸り過ぎたか、猪俣の吹くホイッスルよりも僅かに早いフライング気味のスタートとなった。

腹を意識的に凹ませて走った。こうすれば、高まった圧力で腹腔が固定され、体幹が安定して動きにブレがなくなる。救助隊に配属されてから覚えた技術の一つだ。

だが、それよりも大事なのはコーナーワークだ。建物の角をかすめるようにして、時間のロスをなくすことに努めた。

八秒八二。トップのタイムだった。

「成績を発表するぞ」

猪俣がクリップボードを目の前に掲げた。

「ビリのやつだけ言う。——志賀野」

理解できなかった。一番速かった自分がなぜ最下位なのか。まだ荒い呼吸の下で、上目遣いに猪俣を見やった。

その猪俣は、こちらに近寄ってくると、安華のヘルメットからゴーグルを取り外した。はぁっと息をレンズに吹きかけ、グローブを嵌めた指で汚れを取り除く。

「理由が分からないのか」

頷いた。

「じゃあ、分かるまで考えろ。ここを使ってな」

ヘルメットをゴーグルの角で軽く叩かれた。

「これで訓練を終わる」

猪俣の後ろ姿を見送ってから、重い足を引き摺るようにして、安華は女子ロッカー室へ戻った。

和佐見消防署漆間分署には、七名の女性消防官がいる。救急係が四名。消防係が二名。救助係は自分一人だけだ。

仕事のサイクルが係によって違うから、このロッカー室ではたいてい一人になる。

東京消防庁の特別救助隊のように厳しい試験を経て選ばれた、というわけではなかった。とはいえ、消防官として優秀でなければ救助隊勤務の辞令はもらえない。「はぐれ女子」ではあっても、それは誇らしい孤独だった。

オレンジ色のユニフォームを脱ぎ、Tシャツ姿になると、一冊の大学ノートを開いた。ロッカーに備え付けてあるそのノートには「反省帳」とマジックペンで大書してある。救助隊に配属されて以来、仕事上でやらかした失敗は、一つ残らずこれに書き付けるようにしてきた。書く場所はきまってこのロッカー室だ。だから自分にとってこの部屋は、ただの更衣室ではなく、反省室という意味合いを持っていた。

栞代わりに、ノートの白いページにクリップで引っ掛けておいたボールペンを使い、先ほどの訓練について書き始める。

【トップのタイムで走ったが、隊長からはビリだと告げられた。なぜなのか？】

理由を自分なりに考え、それもノートに書き付けた。

もしかしたら、正当な理由などないのかもしれない。体力的に劣る女のせいで全体の戦力が僅かでもダウンしてしまうことが、隊を率いるリーダーとして気に入らない。そんなふうに感情的にこちらを嫌っている、とも考えられる。

ノートを閉じようとしたとき、一枚の紙が床に落ちた。新聞記事をコピーしたものだ。糊を使って貼っておくつもりだったが、忙しさにかまけて、ついページの間に挟んだだけになっていた。

石原の納屋が焼けた一件——十日前、鍋塚集落で起きた火災を報じた記事だった。【第一発見者の消防官が消防署に通報】自分の行為についても、くどい言い回しながら一応言及されている。

石原の次男、嵩斗は、やはり助からなかった。

火事の原因を作った五味裕という男は無職で独身だという。親から相続した土地を切り売りしながら生活しているようだった。

「焚き火の最中、急に腹痛がしたので、自宅トイレに籠っていた」と主張した五味は、重過失失火罪と重過失致死罪の容疑で警察に逮捕された。数日後には帰宅が許されたが、現在も在宅での調べが続いている最中だ。

一つの行為で二つの罪が成立する場合は、罪の重い方で処断されるらしい。重過失失火罪と重過失致死罪では後者の方が重いが、それでも科される刑罰は「五年以下の懲役若しくは禁錮又は百万円以下の罰金」だという。一人の命を奪ったにしては軽い。

後日、火災調査に出向いた調査係の職員から聞いた話がある。

職員は調査に先立ち、嵩斗の遺影に線香を上げさせてもらった。その後、父親の清司に、仏間の隣にある部屋へ案内されたらしい。そこは四畳半の間で、嵩斗の写真や彼が使っていた玩具や文房具などで埋め尽くされていたという。幼くして亡くなった息子を思って清司が作った「追慕の部屋」だったそうだ。

スピーカーから喚起音が鳴ったのは、溜め息と一緒にノートを閉じたときだった。
《和佐見消防から各局。救助活動。鍋塚地区T山斜面で地滑り発生、二五二（要救助者）ある模様――》
その放送が終わるまえに、安華はノートをロッカーに放り込み、返す手で、いま脱いだばかりのオレンジ服を摑んでいた。

3

あまりにも変わり果てた鍋塚地区の惨状を目の前にして、言葉が出てこなかった。

十日前に自分が下ったつづら折りの道路もすっかり崩れ落ち、土砂に埋まっている。石原と五味の家屋があった場所は、小高い丘のような地形に変わっていた。まず地滑りで家が倒壊した。そこへT山から崩れてきた膨大な量の土砂が、すさまじい勢いで覆い被さったらしい。

近所の人の話では、五味が見当たらないという。

無職だから、普段はいつも家の中にいる。地滑り発生時も在宅中で、倒壊した家屋と一緒に土の下に埋まってしまったようだった。

猪俣がこちらを振り返った。

「志賀野、画像探査機を持ってこい」

安華は救助車に走り、車両の資機材収納スペースに取り付いた。画像探査機にはⅠ型とⅡ型がある。Ⅰ型のチューブは最大七・五メートルまで届くが、Ⅱ型は四・五メートルまでだ。猪俣がどちらを要求しているのか分からなかったが、これだけ土砂の多い現場ならⅠ型だろうと判断し、それを持って猪俣のところへ戻った。

二人の隊員が、ＣＣＤカメラのついたチューブを瓦礫の隙間から送り込んで行くそばで、猪俣が自らヘッドフォンを装着し、カメラの向きを操作するリモコンを持った。ほかの隊員たちは、猪俣の肩越しにモニターに目をやる。

幸い、可燃性の気体は発生していないようだ。有毒ガス検知器のランプに反応はない。やがて五味の姿がモニターに映し出された。俯せになり、傾いた畳に顔を伏せている。生きているのか死亡しているのか。一見したところでは判然としなかった。

その疑問は、リモコンを操作する手の親指を、猪俣がすっと立ててみせたことで解消された。

隊員たちは拳を握り締め、そばにいる者同士でそれを打ち付け合った。革製のグローブが立てる乾いた音が響くなか、猪俣はマイクに顔を寄せた。

「五味さん、カメラの先端にできるだけ口を近づけてください。そこに集音マイクがついていますので、こちらと会話ができるようになっています」

安華もモニターを覗き込んだ。

「自力で出てくることは、できそうですか」

《……無理だって。膝（ひざ）をつくと、痛くて痛くてよぉ》

「分かりました。では、いま助けにいきます。もう少しだけ、そこで待っていてください」

要救助者の体を保温シートに包み、スケッドストレッチャーで固定し、慎重に引っ張り出す——その作業をするために、誰かが入り込んで五味のところまで行かなければならない。

状況を全体的に調べてみたところ、大きな石原の家が小さな五味の家の上に覆い被さり、土中で石原家が五味家を内側に取り込んだかのような形になっていることが判明した。

救助ルートとしてはAとBの二通りが考えられた。Aは、石原家の玄関から入り、居間を通って五味のいる場所に到達するルート。Bは、裏口から入り、「追慕の部屋」を通るルートだ。

CCDカメラの映像で見たかぎり、Aは所々かなり狭くなっているが、距離は短い。要救助者を引っ張り出すのに、エネルギーも少なくて済む。自分なら、こちらのルートで五味を救助できる。体力面で男性隊員に劣るとはいえ、小柄だから狭隘（きょうあい）な場所には強い。

一方のBは、五味がいる場所まで、這（は）うことなくずっと中腰で進めるほどスペースがある。ただし距離が長い。加えて、「追慕の部屋」を出る際、スケッドストレッチャーを通すためには太い梁を切断しなければならない。こうなると、膂力に勝る男性隊員でなければ難しい。

どっちのルートから救出するか。隊員たちは猪俣の口元を注視している。

「わたしがやります」安華は猪俣の前に進み出た。「Aルートで行かせてください」

いつ何の拍子で倒壊するかも分からない現場です。一秒でも早い救助が望まれます。そのためには移動距離が短くて済むAルートを選ぶべきです。Aルートなら、体の小さなわたしが適任です。そう早口で訴えた。

「駄目だ」

即答すると、猪俣は男性隊員のなかでも特に体格のいい一人に目を向けた。

「大杉、おまえに頼む。Bルートで行け」

「よしっ」

緊張でやや上擦った返事を残し、大杉は救助に必要なキットの入ったバックパックを担いだ。

高校時代は相撲部。体力の強さを買われ、今春になって消防係から救助係へ移ってきた三年目の若手だ。最近、結婚を前提にした恋人ができたらしく、女性は何をプレゼントされると嬉しいんでしょうか、と太い指で頭を照れ臭そうに掻きながら訊いてきた。その大杉が土中に入り込んでいったあと、猪俣は画像探査機のモニターから顔を離さなかった。それでもこちらが傍らに立ったことを気配で察知したらしく、

「不満顔だな」

そんな一言を、振り返りもせずに口にした。

「当然です」

「志賀野。目の前にいる人だけか？　二五二は」

「……どういう意味でしょうか。よく分かりませんが」

「さっきの訓練で、どうしておまえをビリにしたと思う」

ふいに話題を変えて相手を振り回すのは、猪俣がよく使う手管の一つだ。完全に向こうのペースに飲まれても癪だった。安華は一拍置いてから答えた。

「最短距離を行こうとしたからだと思います」

考えてみれば、建物や廊下の角を走るときは、あえて大回りをするのが救助隊員にとっての鉄則だ。

災害の現場では誰もが焦っている。被災者は逃げる際、できるだけ短い距離を通ろうとして、曲がり角では壁をかすめるようにして行動する。そんなとき、救助隊員まで同じようにして走れば、出会い頭に衝突してしまうことになる。

「分かってるじゃないか。そう、早く行くことだけが全てじゃない」

《何してんだよ。遅いじゃねえか。さっさと助けろって》

大杉が五味のところまで辿りついたらしい。CCDカメラのマイクが拾った要救助者の言葉は、あたかも猪俣の台詞に呼応したもののようでもあった。

4

「みんな聞いてくれ」

レクリエーション室の中央に立った猪俣は、七人の隊員に向かって手を一つ叩いた。

「ある本に、ちょっと面白そうなゲームが載っていた。今日はそれをやってみるぞ」

この和佐見市でも、消防官の勤務体制は、ほかの自治体と変わらない。二十四時間の拘束時間のうち、実勤は十六時間だ。仮眠時間のほかに、四十五分の休憩時間が二回設けられており、食事時や休憩時間には仲間との談笑で息抜きを図っている。

バードウォッチングのほかに、猪俣は読書も趣味としていた。レクリエーション関係の書籍から様々な遊びの知識を仕入れてきては、休憩時間に部下を集めて実践している。それが隊員同士の結束を固めるのに何よりも効果的だ、というのが彼の信念らしい。

「ここに1から8までの数字が書かれたカードを準備してある」

猪俣は名刺大の厚紙を扇形に広げてみせた。

「この中から、各自に一枚を引いてもらう。引いたカードの番号に応じて、ある役柄を演じてもらうことになる。どんな役柄かというと、消防用の機材や車両を作っている会社の社員の役だ」

猪俣の説明は続いた。

基本的に、番号の大きい人ほど、値段が高いものを作っている会社、番号の小さい人ほど安いものを作っている会社、ということにする。

そして、一人一人に、自分の会社が何を作っているかを心の中で決めてもらう。

それが済んだら、五分の間に、できるだけ多くの人と会話をして、自分に近いものを作っている相手を見つける。

会話では、何を作っているかを言ってもかまわない。しかし、番号は他人に見せてはいけない。

話をしてみて、この相手とは番号が近いな、と思われるパートナーが見つかったら、二人で一緒に手を挙げて「合併」と宣言してから、椅子（いす）に座ること。この時点でも、まだ互いにカードを見せてはいけない。

いったん座ったら、もうこのゲームに復帰することはできない。

制限時間が来たら、残っている者の間でとにかくパートナーを決める。全員が一通り組になったらカードを開示する。お互いの番号が最も近い組がベストカップル、一番離れている組がワーストカップルとなる――。

「ベストカップルには、何か賞品が出るんですか」

隊員の一人が放った質問に、猪俣は自分の胸を一つどんと叩いた。

「おれの年休をプレゼントしてやるよ、ちゃんと二人分な。ただしワーストになったやつらはおれによこせ」

カードをシャッフルしてから、猪俣はそれをテーブルの上に裏返しにして並べた。

安華が選んだカードには「1」と書いてあった。値段の張らない資機材をあれこれ思い浮かべながら、安華は猪俣の方へと真っ直ぐに向かった。

「わたしの会社では平担架を作っています」

「ほう。おれのところは化ポン車だ」

化学消防ポンプ自動車は五千万円近くするはずだ。それ以上に高額な車両や資機材といえば、四十メートルクラスの梯子（はしご）車くらいしかない。すると猪俣のカード番号は7か8だろう。

「担架屋さんねえ。失礼だけど、あまりちっぽけな会社とはパートナーにはなれないな」

歩み去ろうとした猪俣の腕を、安華は背後からつかみ、その手を天井に向けて挙げた。

「合併」

「――おい」

さすがに不機嫌な顔になった猪俣を椅子に座らせ、安華は小声で訊いた。「あれはどういう意味なんですか」

「あれって何だよ」

「鍋塚地区の地滑りがあったとき、隊長がおっしゃった言葉です」

――目の前にいる人だけか？　二五二は。

猪俣のそっけない口調とともに、地中から救助された五味のことが思い出された。地は耳にしていた。

「おれとおまえの相性はワーストだ。賭けてもいい」

猪俣は再びはぐらかし、こちらの手からカードを奪うと、自分のそれと一緒にテーブルの上に開示した。全員がカップルを作るまでカードは伏せておけ。そう言ったはずなのに、自らルールを破っている。ともかく、思ったとおり彼のカードは8だった。

ワーストカップルが早々と決まってしまったことを、ほかの隊員たちも察知したようで、せっかく盛り上がっていた場の雰囲気は一気にトーンダウンした。

それでも猪俣の指示どおり五分間はゲームを続け、三つの組を作った六名の隊員たちは一斉にカードを捲った。

2と3。4と5。6と7。六人分の年休を猪俣が献上することが決まった直後、休憩時間の終わりを告げるチャイムが鳴った。

レクリエーション室から事務室に戻る途中、分署長室の前を通ると、ちょうどそこから見覚えのある顔が出てきた。

背広を着た小柄な男――納屋の火災で亡くなった嵩斗の父、石原清司だった。火災と地滑り。相次いで消防署に世話になったということで、挨拶に来ていたらしい。

安華は内心で胸に手を当てた。燃える納屋の前で半狂乱になっていたあの姿がまだ目に焼きついていただけに、いまではだいぶ穏やかになった清司の表情には、こちらとし

滑り発生から今日で四日が経つ。五味がK町のマンションに引っ越した、という話だけ

ても救われる思いがした。

事務室に入ると、自分の席には回覧のクリップボードが置いてあった。挟まれている書類は消防係が作成したもので、自殺未遂の案件が報告されている。

昨日の午後、高所からの飛び降りを図った男性がいたらしい。この分署からも消防係が出動し、万が一の事態に備えて地上にエアマットを敷いた。

男性はマンションの屋上に立ったが、踏ん切りがつかず、結局、警察官に取り押さえられ、無傷のまま事案は終了していた。

安華は自分の判を押したあと、隣の席にクリップボードを回そうとした。その手を止めたのは、視界の隅で見覚えのある文字を捉えたせいだった。

もう一度書類を手元に引き寄せ、目を近づける。やはり、自殺を図った男性の氏名が「五味裕」と記されている。

安華は席を立ち、土屋（つちや）のところへ向かった。この事案で出場した隊員の欄に、彼の名前があったからだ。

「ちょっと教えてくれない？」

同じ中学の後輩である土屋は、漆間分署内で最も遠慮（えんりょ）の要らない相手でもある。

「この五味って人、どうして自殺なんて図ったの」

わずか四日前に、自分の隊がせっかく土砂の中から助け出したばかりだというのに。真相を知らなければ、とても落ち着けそうにない。

土屋は人差し指を唇の前に立てた。これは部外秘ですよ。そう釘を刺してから、貸与されているノートパソコンを開く。

画面には、現場で撮影した写真が何点か表示されていた。引っ越し先のマンション。その屋上で、手摺を乗り越え、縁の細い隙間に降り立った五味の顔は、どの画像でも固く強張り蒼ざめている。

いくつかの写真では、膝をつき、背中を丸め、地面に蹲るような恰好をした彼の姿が捉えられていた。

その一つを安華は指さした。

「この写真は？　怖くなって竦んじゃったってこと？」

視線はモニターから離さず、声だけで土屋に説明を求める。

「違います。この人、謝っていたんですよ」

つまりこの格好は、土下座をしている、ということか。

「この五味という人は、少し前に男の子を死なせていたでしょう、失火で。その子に、こうして詫びていたんです。『嵩斗くん、許してくれ』と何度も言っていました」

「……そう」

だが、どうしていまさら詫びる気になったのか。

火災が起きたのはもう二週間も前だ。しかも、つい先日の地滑り災害時にCCDカメラを通して見たかぎり、五味の態度はやけにふてぶてしかった。悔悟の念を覚えている人間には、とても見えなかった。

土屋は少し顔を紅潮させながら、さらに声を低くした。

「騒ぎが終わったあとで漏れ聞こえてきた話なんですが、つまり、その、五味は、嵩斗くんに悪戯をしていたらしいんです」

土屋は指を触手のように動かし、何かを揉むような仕草をしてみせた。「悪戯」といっても、ただの無邪気な遊びではない類のそれ、ということだ。

「五味は、いまは自宅にいるよね」

「いいえ」

「じゃあどこにいるの」

「警察ですよ」土屋は声を潜めた。「逮捕されたんです。まだ新聞には出ていませんけど」

頭が軽く混乱した。逮捕はすでに重過失失火と重過失致死の罪でされていて、在宅で取り調べが進んでいる最中ではなかったのか。

「容疑が切り替わったんです」

「じゃあ、嵩斗くんに性的な悪戯をしていた罪で、ってことね」

「違います。それはまだ立件されていません」

「だったら何の罪で」

「放火です」

「放火……って、あの納屋のこと？」

「ええ。死に切れなくて警察官に取り押さえられたあと、自白したらしいんです。納屋の火災は故意に起こしたものだ、って」

土屋はノートパソコンを操作し、写真を画面から消した。

「五味は恐れていたんですよ。自分が嵩斗くんにしていた悪戯が、いずればれるだろうことを」

機会を見つけて、嵩斗が親に告げ口する前に口を封じようとした、ということか。そこで失火を装い、嵩斗が遊んでいた納屋を燃やした。だが――。

「待ってよ。故意の放火？　それはおかしいって。だって、偶然に頼ったやり方だもの。あのタイミングでたまたま風が強くなったから火事になったけれど、そうでなければ、あれはただの焚き火で終わっていたはずだよ」

五味が焚き火を始めたあとに、突風は図らずも吹いたのだ。自分はあの場にいたのだから、その点は断言できる。

「いつ突然、風が吹くかなんて、誰にも予想できないでしょう」

そう主張すると、土屋はそっとノートパソコンを閉じた。

「ところができたんですよ、その予想が」

「どうやって」

「鳥です。小鳥は、突風を予知して一斉に飛び立つんです。凄い声で囀りながら。山裾に住んでいる人にとっては、それは常識らしいです。当然、五味も知っていたでしょう。

彼は鳥の鳴き声を聞いた。だから急いで、あらかじめ準備していたゴミや落ち葉に火をつけたんです」

土屋の言葉を耳にした瞬間、安華は脳裏で何かが繋がったのを感じた。

その常識を持ち合わせている人は他にもいる。例えば、バードウォッチングを趣味にしている者だ――。

5

頭上には快晴の空が広がっている。そのくせ、いま鼻腔の奥では、いわゆる〝濡れたアスファルトのにおい〟を感じていた。

消防学校に来ると、決まってこうした現象が起きる。五年前に入校した日、朝から大雨だったことが、よっぽど強く印象に残っているせいだろう。

――雨が降ると立ちこめるのは、アスファルトのにおいではありません。あれは、植物が土壌に出した油から作られたペトリコールというにおいです。諸君には、これから本校で、こうした科学的な知識をしっかりと身につけていただきます。

校長による祝辞も、そのくだりだけは、しっかりと覚えている。

「画像探査機の操作に、まだ慣れていない者がいるな」

拡声器を通した猪俣の声に、ペトリコールが瞬時にして消え去った。

「使ったことがないやつは誰だ」

何人かの男性隊員と一緒に、安華も挙手した。

「おまえらのために、今日は使い方の訓練を重点的にやる。まずおれが操作の手本を示すから、よく見ておけ。——誰か、要救助者の役をやってくれ」

安華は、挙げた右手をそのままにしておいた。

「志賀野、おまえはまだ触ったこともないだろう。操作をする側に回れ」

「お言葉ですが隊長、この前わたしは、鍋塚の現場で中に入らせてもらえませんでした。せめて訓練では潜らせてください」

「駄目だ」の頭の「だ」。口をそう発音する形に作ったものの、急に思い直したらしい。猪俣は地面に視線を落とし、再びそれを上げると、渋々といった様子で何度か頷いた。

「……分かった。おまえが要救助者の役だ」

「よしっ」

「そこから入れ」

何箇所かある進入口のうち、ここから一番近い場所にある一つを、猪俣は指さした。

「おまえが出発したら三分後にカメラを送る。それまでに一番奥に到達し、ヘッドランプを消して待っていろ。大規模な地震でビルが倒壊、おまえは右手と左足を骨折。身動きが取れない、という想定だ」

「よしっ」

安華はヘルメットからゴーグルを下ろし、マスクで口元を覆った。進入口に近づきヘッドランプのスイッチを入れる。

ボックスカルバートという、一般的には暗渠として利用されているコンクリート製の四角い管がある。この管を、二十メートル四方ほどの敷地を使って迷路状に配置し、その上に木片や岩石、コンクリ片が載せてあった。和佐見市消防学校の裏手にある瓦礫救助訓練施設は、ここで学ぶ学生たち自身の手作業によって作り出されたものだ。

いくら訓練だと分かっていても、狭い場所というのはやはり恐ろしい。縦横一メートルほどの通路を、中腰になって奥へ向かうにしたがい、自然と息が苦しくなる。

ある程度まで進むと、管のサイズがさらに細くなった。ここからは縦横六十センチ程度だ。こうなれば、もう腹這いになって進むしかない。

マスクの隙間から喉に入り込んだ粉塵にむせながら、体の向きを変えた。今度は足の方からさらに奥へと這い進む。そうしているうち、ヘッドランプに照らされた周囲の壁に想像したものがあった。

嵩斗の写真や遺品だ。

地滑り災害の現場で、猪俣はなぜ救助に時間のかかるBルートを選んだのか。

昨日、土屋から情報を得て、ようやく彼の真意が分かったような気がした。

嵩斗の「追慕の部屋」を五味に通らせる。それが狙いだったのではないか。

——ここへ来てから見聞きしたことを最初からすべて話してみろ。できるだけ詳しくだ。

納屋が燃えた現場で、猪俣の命令に従い、思い出せるかぎりの情報を口にした。鳥の群れが飛び立ったこともだ。そのときから早くも猪俣は、五味の行動に疑いを抱いていたのだと思う。あの地滑り災害は、彼にとって、その疑いを確かめるための機会でもあった。

大杉のヘッドランプが照らし出したであろう数々の遺品。嵩斗の笑顔が満ち溢れた部屋で、梁を破壊するため何分間か留め置かれたとき、五味の心理に何が起きたのか、想像することは難しくない。

あのとき、石原の作った「追慕の部屋」は、五味にとっての「反省室」となった――。

そんなことを考えながら匍匐で進むうち、編み上げ靴の底が壁に触れていた。行き止まりの位置だ。

息を深く吐き出し、恐怖心を少しでも抑えつけることに努める。

ヘッドランプを消すと、暗闇に浮かび上がってきたのは、昨日目にした石原の救われた顔だった。

――目の前にいる人だけか？　二五二は。

その一言は、まだ書き付けていなかった。この訓練が終わり、ロッカー室でノートを開いている自分を想像しながら、安華はＣＣＤカメラのチューブが伸びてくるのをじっと待った。

灰色の手土産

1

【ある小学校からの依頼文書】

平成＊＊年五月一日
和佐見（わさみ）市消防本部　漆間（うるしま）分署長様
和佐見市立第三小学校　校長　〇〇〇〇

ご講演のお願いにつきまして

拝啓　薫風の候、貴職におかれましては、益々ご清祥のこととお慶び申し上げます。
さて、当校では創立三十周年を記念し、今夏、「命の大切さ」というテーマで、下記のとおり全校児童を対象とした講演会を開催することになりました。

そこで、日々救命救助活動に邁進されている消防官の方から、現場活動に密着した体験談等をお聴きしたいと考えた次第です。

つきましては、貴消防本部漆間分署所属の消防官（御一名）に講師を依頼できましたら幸いと存じます。

是非ともご承諾いただきたく、まずは略儀ながら書中を以てお願い申し上げます。

敬具

記

日時　平成＊＊年六月十五日　午後二時より
会場　和佐見市立第三小学校体育館
講演時間　三十分間
その他　ご講演の内容は、録音・テープ起こしをし、海邦(かいほう)新聞小学生版（六月二十日付）に要約を掲載させていただきます。あらかじめご了承ください。

2

【平成＊＊年六月五日　救急車のドライブレコーダーに記録されていた会話（急病者の搬送を終え、分署への帰途）】

乗務員　今垣睦生（いまがきちかお）　消防司令（係長）
　　　　大杉洋成（おおすぎひろなり）　消防副士長（係員）

大杉「係長。どうなんですか、最近は」
今垣「どうって、何がだよ」
大杉「ほら、三咲季（みさき）さん、でしたっけ。何年か前に係長が助けた女の人。付き合っているんですよね」
今垣「たまに逢（あ）う程度だよ。単なる知り合いとしてな」
大杉「惚（ほ）れてるんですか」
今垣「馬鹿言え。浮気なんかしたら、死んだ女房に申し訳ないだろ」
大杉「そういえば、職場のデスクマットに挟んでますね。奥さんの写真」
今垣「ああ」

大杉「あれ、三咲季さんと出会ってから挟んだんですよね」
今垣「……まあな」
大杉「それって、『手土産のケーキ』じゃありませんか」
今垣「何？　意味が分からんな」
大杉「ほら、人間は、後ろめたいことがあると、それがバレないように、ついつい余計なことをしてしまうもんでしょ。例えば、浮気した男は、ときどき家族にケーキなんかを買って帰りますよね。そのせいで、かえって奥さんに感づかれてしまったりする。
——そんな場面を思い出してしまいました」
今垣「そう言えば、おまえも付き合っていた女がいたよな。結婚を前提に」
大杉「その件なら……とっくに終わりました」
今垣「女に振られたのか。それとも他の男に取られたのか」
大杉「……まあ、その両方です。彼女が言うには、同じ『士』がつく仕事でも、消防士より弁護士の方がいいそうです。収入も外聞も」
(今垣が大杉の頭を軽く叩く音)
今垣「寝取った男は法曹かよ。そいつ、歳はいくつだ」
大杉「おれより三つ上です」
今垣「そうか。なるほど、弁護士ね。そりゃあ相手が悪すぎる。けれど反対に考えれば、かえって諦めがつくってもんだろう。——何にしても、失恋したんじゃあ気分転換が必要だな」

大杉「そうですね。長く休んで海外にでも行きたい気分です」

今垣「そいつは難しいな。代わりにクイズでもどうだ」

大杉「いいですね。じゃあ問題を出してください」

今垣「いくぞ。救急クイズだ。――第一問。ある人が、異物を喉に詰まらせてしまい、完全な窒息状態にある。ハイムリック法を何度も試したが、それでも取れない。こんなときはどうする」

大杉「喉仏と輪状軟骨との間のくぼみを切ります。その切開部分に、ボールペンの芯を取り去った管を差し込み、空気の通り道を確保します」

今垣「正解。では第二問。ホテルの四階にいるとき火事になったとする。下にはもう逃げられない。そんな場合、梯子車が来るまでどうやって持ち堪える」

大杉「まずシーツを風呂場の水で濡らしてから、その一辺を窓の上枠に固定してぶら下げます。それをくぐるようにして自分の上半身だけを外に出し、シーツは背中側に垂れるようにする。そうすれば、煙に巻かれることなく外気だけを吸うことができます」

今垣「ちゃんと勉強しているようだな」

大杉「取柄が図体のでかさだけでは恥ずかしいですから」

今垣「よし。その優秀さを見込んで頼みがある。一つ、講師をやってくれないか」

大杉「コーシって……講演会なんかの講師のことですか」

今垣「そう。市内の小学校から依頼が来ている。テーマは『命の大切さ』だ。引き受けてくれるよな」
大杉「おれがですか。無理ですよ。そんなのやったことがありません」
今垣「心配するな。相手は小学生だぞ。たった三十分間、体験談を喋るだけでいいんだ。そういえば、おまえ、ブラジルに行って、あっちの子供に相撲を教えたことがあるって言ってたよな。外国人の子を前に先生役ができたんだ、日本人の子が相手ならわけもないだろ」
大杉「でも」
今垣「黙れ。これは命令だ。おまえはもう消防、救助、救急の全部を経験しているだろう。若いのに場数を踏んでいる。それに救助法に通じてもいるしな。適任だ。やれるよ」
大杉「どこの小学校ですか」
今垣「三小だ。考えてみれば、おまえの母校じゃないか」
大杉「まあ、そうですが……。いつです？」
今垣「六月十五日」
大杉「あと十日しかありませんよ。なおさら無理です」
今垣「しかたがないだろ。本当なら志賀野が行く予定だった。だけど彼女は、この前の訓練で怪我しちまったろ。急遽、代役が必要なんだよ」

大杉「そう言われても困りますって。やっぱりお断りします」
（ここで消防無線のアラーム音）
無線の声《和佐見救急本部から漆間救急3》
今垣「こちら漆間救急3。どうぞ」
無線の声《犬の咬傷事故です。現場は、S町一丁目、むつみ公園内の池付近。被害者は三十歳前後の男性。犬が離れないため、現在も受傷中。そこから池の西側に向かってください。警察官が誘導します》
今垣「了解」

3

【六月六日付　海邦新聞朝刊　社会面の記事】

五日午後三時ごろ、和佐見市S町で「犬が人に咬みついている」との一一〇番通報があった。
現場は同町むつみ公園内にある円形池のほとり。和佐見中央署によると、犬は、現場近くに住む無職男性（六五）が飼育している中型のピットブルで、普段はケージ内で飼っているが、この日は給餌の隙に逃げ出したという。

犬は、公園内を歩いていた男性弁護士（三三）の手や足に咬みついた後、飼い主に保護された。被害に遭った男性は、出血多量のため一時危篤状態に陥（おちい）ったが、現在は容態が安定している。

県警は、飼い主の男性から、犬が逃げ出した際の状況などについて事情を聴取している。

4

【六月二十日付　海邦新聞小学生版】

六月十五日に和佐見市立第三小学校で行なわれた講演会の内容を要約して掲載します。テーマは「命の大切さ」。講師は和佐見市消防本部漆間分署の大杉洋成さん（消防副士長・三十歳）です。

みなさんこんにちは。初めまして。この和佐見市で消防士をしている大杉洋成といいます。

すごく簡単に言うと、消防署には、消防係、救助係、救急係という仕事の区分があります。

消防係は、火事のとき火を消す仕事をします。

救助係は、事故や災害が起きたときが出番です。

救急係は、人が病気で倒れたとき、救急車で出動して病院に運びます。

ぼくは最初、消防係にいましたが、三年目からは救助係に移って、いまは救急係の仕事をしています。

ええと……。あまりしゃちほこばると無駄に緊張してしまうから、もっとくだけた口調で話をさせてもらうね。

本当は、今日の講師役を引き受けるつもりはなかったんだよね。でも、考えが急に変わった。

なぜなら、最近――十日ぐらい前だけど、ある現場を体験したからなんだ。それは、ピットブルという犬が人を咬んだ事件だった。新聞にも載ったので、みんなの中にも知っている人がいるかもしれないね。

救急車を運転して分署に戻る途中、通報があったので、ぼくは先輩の隊員と一緒にその現場に行ったんだ。

先輩は、搬送先の病院を探す仕事をするため、救急車に残っていなければならなかった。だから、ぼくは一人で車の外に出た。

現場はむつみ公園。あそこには丸い池があるよね。深さが一メートルぐらいあるから、ちょっと危ない。みんなは近づいちゃいけないよ。

見ると、その池のほとりで、灰色の犬が男の人に咬みついていた。

現場には警察官も何人かいたけれど、獰猛な犬には、誰もおいそれとは近づけない。だから警察官たちは、道具を使って犬を男の人から離そうとしていた。刺股という道具を知っているかな。先っぽにU字形の金具がついた棒だよ。それを使って犬を押さえつけようとしていたけれど、うまくいかなかった。

警察官は刺股を何本か持ってきていて、「もし犬がこっちに向かってきたら、これで身を守ってください」と言って、ぼくにも一本渡してきた。だけど、そんなものを手にしたところで、ぼくにはどうすることもできなかった。

そのうち飼い主が現場にやって来て、やっと犬を引き離すことができた。

ぼくと先輩は、血まみれになった男の人を救急車に乗せ、応急手当をしながら病院に運んだ。

その被害者は弁護士をしている男の人だった。公園の横に裁判所があるよね。そこから出てきて自分の事務所に帰る途中に、犬に襲われたようだった。

彼はぼくの知り合いでもあったんだけれど、消防官という仕事をしているとね、救助する相手が知人や友人だったというケースは別に珍しくはないんだ。

とにかく、この事件について、ぼくにはぜひ、みなさんに伝えたいことがあるんだ。

だから今日の講師を引き受けることにしたんだよ。

ブラジルという国があるよね。ぼくは高校生のとき、少しの間だけそこにホームステイをしたことがあるんだ。

そのとき、ジーニョという名前の少年と知り合いになった。当時、ジーニョはたしか十一歳だったと思う。

ジーニョの家にはサントという名前のピットブルがいた。

本物のピットブルを見たことがある人なら知っているはずだけど、この犬はものすごい筋肉をしているんだよね。小さいわりに、力はかなり強いんだよ。だから、サントの散歩が終わるころには、いつもジーニョはくたくたになっていた。

ある日、ジーニョは家の手伝いが忙しくて、特に疲れていた。サントと散歩に出たときは、リードを持つ手が完全に痺（しび）れてしまっていた。だから、握っているはずだと思ったそれが、いつのまにか手の中から消えていたことに気づくのが遅れちゃったんだ。

見ると、リードを地面にひきずったサントが、二十メートルくらい離れた場所を歩いている人影に向かって、猛然と駆け出していくところだった。

茶色いピットブルの行く手にいたのは、ちょうどジーニョのお母さんと同じくらいの歳とみえる女の人だった。

ジーニョは大声をあげていた。でも、何て叫んだのか覚えていないんだって。どうやら、サントに「止まれ！」って命令するのと、女の人に「逃げて！」とおねがいするのが、ごっちゃになってしまって、けっきょく、よくわからない言葉になってしまったようなんだ。

残念だけれど、ジーニョの叫び声は聞き届けられることはなかった。サントにも女の人にもね。

おどろきのあまり、女の人は目を丸くしたまま、ぼうぜんと立っていることしかできなかったらしい。そんな彼女へ、サントは弾丸のようにつっこんでいった。

つづいて目にした光景は、もう思い出すのもいやだって、ジーニョが言っていた。まさに悪夢のような出来事だったって。

そう、あまりにひどい場面だから、みんなには詳しく話すことができない。

ただ、サントにとびかかられてその場にうずくまってしまった女の人は、あっという間に、からだじゅうを数十箇所にわたってがぶがぶと咬まれ、顔や手足も爪でずたずたにひっかかれてしまった、ってことだけを伝えておこう。

さて、それからどうなったかというとね、何人かが、その場面をそばで目撃していたんだ。そのなかから、勇気のある男の人が一人駆け寄ってきて、持っていたかばんをふりかざしながら、女の人にのしかかっていたサントを引っぱたいたんだって。するとサントは相手を替えたんだ。今度は、その男の人にとびかかっていったんだよ。

ジーニョがやっとその場に追いついたときには、男の人も腕や肩を何度も咬まれてしまったあとだったらしい。

ぼくの友人は、なんとか、あばれるピットブルを無我夢中で取り押さえた。さすがにサントはジーニョにまで牙をむくことはなかったので、とりあえずさわぎをおさめることができたんだ。

　すると、だれかが通報したんだろうね、すぐにパトカーのサイレンがきこえてきたんだよ。そうして二人のおまわりさんが駆けつけたときには、ジーニョは我慢しきれずに、サントをがっちりとかかえたままのかっこうで、ついに泣きだしていたんだって。

「ごめんなさい。本当にごめんなさい」

　かれは涙を流しながら、その場に倒れている二人に謝ったんだ。そうするよりほかに、ぼくの小さな友人にできることは何もなかった。

「判決を言い渡します」

　後日、裁判長はジーニョたちを見下ろしながらこう口を開いた。

「咬みついた犬の飼い主は、咬みつかれた人たちに対して怪我の治療代を全額しはらうこと。それから、州に罰金をしはらうこと」

　ジーニョのとなりにいた、彼のお父さんが「はい」と申し訳なさそうにうなずいた。裁判にはジーニョも出席したんだって。まだ小学生なのに……。日本なら、十一歳の子供が事件をおこしても、すべて親の責任ということになるから、こんなことはないだろうけれど、外国ではちょっとちがうみたいだね。

　ジーニョは裁判長の言葉をききのがさないように注意していた。サントにどういう判決がくだるのか気になったからだよ。かれが知りたかったことは、判決のいちばんあとにつけ加えられていたんだ。

「なお、サントはあんらくしにしょする」

そういうと、裁判長は木の槌で机をコンと鳴らし、席を立ってしまった。

「父ちゃん」裁判がおわってから、ジーニョは訊いたんだ。「裁判長が言った『あんらくし』って、どういう意味なの？」

ジーニョはまだ子供だし、ほとんど勉強もしていなかったから、裁判長が口にした言葉はむずかしすぎて、どういうことなのかよくわからなかったんだね。

父親は大人だから知っているはずだった。けれど、なぜか息子に教えてくれなかったんだ。

「そのうちにわかるさ。気にするな」

なんて言われて、まんまとはぐらかされてしまったんだよ。

事件の日、おまわりさんがかけつけて、サントとはなればなれになってしまってから、もう何十日もたっていた。

（すぐに帰ってくるよね。すぐに……）

ジーニョの予想とは裏腹に、サントが帰ってくる気配はいっこうになかった。

「父ちゃん、サントはどうしちゃったの？」

ぼくの友人は、お父さんにもういちどたずねてみた。

「そのうち帰って来るさ。もうちょっと待っているんだ」

父親は、両方の目を左上のほうへ向けながら、そう答えた。

（父ちゃんの言っていることは嘘（うそ）だ！）

嘘をつくとき左上を見る。――父親にはそうしたくせがあることを、ジーニョはちゃんと知っていたんだ。

胸の中に不安の影がみるみる広がってくるのを必死におさえながら、今度はお母さんをつかまえてきいてみた。

「母ちゃん、『あんらくし』って何なの？」

するとお母さんは困ったような顔をして、黙ってジーニョの頭を抱きしめたんだって。いつもはお母さんに抱かれると、やんわりしたいい気持ちになるんだけど、そのときは全然ちがっていた。もうサントのことが心配で心配で、そんな余裕はなくなっていたんだね。

両親に背をむけると、ジーニョは部屋を飛び出していった。

「おい、どこへ行くんだ？　待てよ！」

父親がひきとめようとしたけれど、ジーニョはその手をふりきって家を飛び出した。

そうしてむかった先はどこかというと、町の図書館だったんだ。

家から歩いてすぐの場所にあるっていうのに、いままで一度も入ったことがなかった施設だ。だって勉強がきらいなジーニョにとっては、本ほど縁のないものはなかったからね。

図書館にはいるとすぐ、係の人に、くってかかるような勢いでジーニョは訊いた。

「辞書を見たいんです！　どこにあるんですか！」

その剣幕におされるようにして、係の人はジーニョの前に分厚い本を持ってきた。

その本を真ん中からがばっと開くと、ぼくの友人は、裁判長が口にしたなぞの言葉をつぶやきながら、ページをめくっていった。

「『あんらくし』、『あんらくし』……」

そうなんだ。お父さんもお母さんもはっきりしたことを教えてくれないから、かれは自分の力で辞書にあたって調べることにしたんだよ。

ろくに勉強をしてこなかったから字を読むのは苦しかった。四日たっても五日たっても「あんらくし」の意味を探すことができなかったんだ。もしもすらすらと字が読めたら、知りたい情報をすぐに見つけることができたはずだよね。このとき、ジーニョはまじめに学校へいかなかったことを、すごく悔やんだんだよ。

結局、「あんらくし」の意味を知るまでに一週間ぐらいかかった。

くる日もくる日も辞書と格闘したおかげで、そのころにはジーニョはもう文字を読むことが苦にならなくなっていた。だから「あんらくし」についての説明も、すぐに理解することができたんだ。

みんなは「あんらくし」って知ってるかな？　ちょっと悲しい言葉なんだ。

そう。「くるしまないようにして、命をうばうこと」だよね。

もちろんジーニョが開いた辞書にも、そのように書いてあった。かれはそれを目にしたとき、たまらず目を閉じてしまったらしい。「神様はなんてつらい試練を課されるんだろう」って呟きながら。

でも、すぐに思い返したんだ。サントに咬まれた人はもっと苦しい思いをしたんだ。危険な犬が自由に街の中を歩いていたら、人間の中に次の犠牲者が出るはずだ。だから、「あんらくし」はしかたのないことかもしれない、ってね。

ぼくの小さな友人は、一週間も文字を読み続けたおかげで、前よりずっとものごとを深く考えることができるようになっていたんだね。

もちろん生き物の命はすべて大事だけれど、人間と動物のうち、どうしてもどちらかを優先させなければならない、という事態に直面してしまったら、やはり人間の命の方が大事なんだよ。

きみたちの年齢ではまだ納得できないかもしれないけれど、大きくなれば、きっとこのことが理解できると思う。

これでぼくの話を終わります。静かに聴いてくれて、みんなどうもありがとうございました。

5

【今垣睦生の私的な業務日記】

六月二十日。

昼休みに新聞を開くと、大杉が小学校で行なった講演の内容が載っていた。

紙面の隅には、彼の話を聴いている子供たちの写真も掲載されている。どの顔も目が真剣そのものだ。外国人の少年を主人公にしたところが功を奏したか、幼い児童たちの心に、大杉の言葉はしっかりと届いたらしい。

それはそうと、本題とはあまり関係のない箇所で、あれ？　と思ったことがあった。冒頭の部分だ。

救急車の運転席で病院と連絡を取りながら窓の外に顔を向けたところ、たしかにあのとき、警察官の一人が大杉に刺股を渡すのが見えた。疑問に思ったのは、どうして大杉は、その刺股を使わなかったのか、ということだ。

襲われた弁護士の背後には池があった。水深は一メートルぐらいある。

刺股を持っているなら、それで被害者を押し、咬みついている犬と一緒に池の中に入れてしまえばいい。

動物に咬みつかれたときは、水の中に入るに限る。息を止めるということを知らない相手は、すぐに口を離す。

救助技術に精通している大杉なら、その程度の知識は持ち合わせているのではないか。

三つ年上の弁護士。目の前で犬に咬まれているのは因縁（いんねん）のある恋敵（こいがたき）だった。本心としては、被害は大であればあるほどいい。そこで大杉は、効果的な救助法を知っていながら、それを実行しなかった。そうは考えられないか。

さらに、その不作為の後ろめたさから、事後に何かしないではいられなかった。咬傷事件の現場でちらりと覗かせてしまった本心が、誰かにバレてしまうのが怖かった。

そこで子供たちへの講演を引き受け、自分でも信じているのかどうか分からない立派な御託をとりあえず並べ立てた。もしかしたら、ブラジルのエピソードは全部作り話かもしれない……。

結局、今日は夜まで、いつか大杉当人から聞いた「手土産のケーキ」という言葉が、どうしても頭から離れなかった。

山羊（やぎ）の童話

1

二人で飲んでいるとき、どちらかが酔っ払うともう一方は酔っ払えなくなる。そんな言葉をどこかで耳にした記憶があった。

なるほど、そのとおりかもしれない。だが、

——おれとこいつの場合は違うな。

そう思いながら、垂井柾彬は、隣を歩く奥本博之と、また肩をぶつけ合った。

二人とも泥酔状態で、かなり足元が覚束ない。先ほどからもう何度転びそうになったことか。

自棄酒とは不味いものだ。それでも杯を重ねてしまうから始末に負えない。

隣を歩いていた奥本が、急に足を止めた。

「ここだよ。おれの豪邸は」

奥本は道路の右側にある建物を指差した。

「招待してやるから、どうだ、寄っていかないか」

昇り始めた朝の太陽が、門柱代わりのブロック塀にはめ込まれた木製プレートの文字を照らした。「雪見ハイツ」と読める。

「木造二階建て。築二十年。一階に七部屋。二階も同数。どの部屋も1LDK。家賃は四万五千円。立派なもんだろ」

奥本はすらすらと淀みなく言った。酔っ払うと呂律が回らなくなるのが普通だ。しかし、この男は逆に、アルコールの力によって口の動きが滑らかになるタイプだった。

垂井は顔の前で手を振った。「もう飲めない」

「冷たいことを言うなって」

奥本は手にしていたレジ袋を掲げてみせた。二十四時間営業の居酒屋で、日本酒、ビール、ウィスキーと順に飲み散らかしたあと、それでも飽きたりずに近くのコンビニに入った。そこで買い求めた缶チューハイが、袋の中でごろんと動いた。

結局、奥本に腕をつかまれ、アパートの敷地に引っ張り込まれた。

門柱の横を通ったとき、何か重いものを蹴飛ばした。見ると、足元に丸いペットボトルが転がっている。二リットルのタイプで、中には水が一杯に詰められていた。猫かカラスを追い払うためのものだろう。

「おっと、こりゃ失礼」

誰にともなく言い、垂井はそのペットボトルを拾い上げた。

建物の横には、錆の浮き出た鉄製の階段が設置されている。その上り口に半透明のゴミ袋が無造作に放り出されてあるところが、いかにも安アパートといった風情だ。

このゴミ袋は奥本が出したものらしく、表面に、上手いとは言い難い字で彼の名前が書いてあった。

「いつまで持ってるつもりだよ」

奥本から言われて初めて、門柱の横で蹴飛ばしたペットボトルを、まだ手にしていたことに気づいた。

とりあえず、それをゴミ袋の近くに立てて置いてから、垂井は奥本の背中を追って鉄の階段を上った。

奥本の部屋は二〇二号室だった。

「金があったら引っ越したいね。ここは狭すぎる」

奥本は、三和土に散らばっていたスポーツシューズやサンダルをつま先で片寄せて、靴を脱ぐためのスペースを二人分確保した。

居間の炬燵に足を突っ込むと、垂井はまず、癖で天井を見上げた。火災報知器がある。

「定期的に取り替えてるんだろうな？」天井に視線を向けたまま奥本に言った。「あれのバッテリー」

火災報知器のほとんどには、9ボルトの電池が使われている。寿命はだいたい一年だ、と教えてやった。

「はいはい。そのうちゃっておくよ。――さすがに腐っても消防士だな」

奥本の皮肉を、「元消防士だ」と訂正してから、垂井は指で輪を作ってみせた。

「おまえ、引っ越すにしても、先立つものはあるのか」

「あるように見えるかっての」

奥本は高校時代の同級生だった。勤務していた建設会社が倒産し、現在は求職中の身だ。先日、偶然居酒屋で再会し、互いに無職だということで意気投合。以来、頻繁（ひんぱん）に会うようになっていた。

「だったら、いい方法がある。金はまったくかからない」

奥本は眉根を寄せた。「担（かつ）ぐ気か」

「そんなつもりはないって。まあ聞け。――まずこの部屋を出るんだ」

「出てどこへ行く」

「どこでもいい。野宿できる場所だ」

「ホームレスになれってのか」

「そうだ。しばらく屋根のない暮らしをする」

「それから」

「もう限界になったら、この部屋に帰ってくる」

「で、それからどうするんだ」

「どうもしない。それだけさ」

奥本は一定の間隔で瞬きをしながら、視線を宙に彷徨わせた。酔った頭で、いま聞いた話の意味を必死に考えているようだ。

二分ほどもそうしていたか、彼はやっと口を開いた。

「つまり、もっと酷い状態を経験すれば、現状のありがたさが分かる、という理屈か」

「そのとおり」

頷いた拍子に、この話を教えてくれた男の顔が浮かんだ。

今垣睦生。

新人の頃、訓練のきつさに音をあげ、消防官を辞めたいと申し出たことがあった。そのとき、先輩として指導に当たっていた今垣が、「それなら一度辞めてみろ」と言った。「職業を持っていない侘しさに比べれば、いくら訓練が厳しくても、ここがありがたい場所だと分かる」と。

今垣によれば、この理屈は、外国の作家が書いた『山羊の童話』という本に載っていたのだそうだ。

当時は軽く聞き流した話だが、結局、本当に退職してしまったいま、妙に生々しく耳朶によみがえる。

「なるほどな。せっかく教えてもらったんだ。やってみるか」

本気とも冗談ともつかない顔で奥本は、コップを二つ炬燵の上に並べてから、缶チューハイのプルトップを開けた。

「おっと」

チューハイをコップに注ぐとき手元が狂い、炬燵の台が濡れた。

ティッシュで拭く。濡れて重くなったそのティッシュを屑籠（くずかご）の中にべちゃりと投げ捨てたあと、奥本は、つまみの袋を開きにかかった。

「ところで垂井。最近、おれが何に凝（こ）っていると思う？」

「さあな」

「これだ」

つまみの袋に入っていた乾燥剤も屑籠に放り込んでから、奥本はトランプを一デッキ、どこからともなく取り出した。

「占いだよ。せっかくの機会だから、おまえの運勢を見てやろうじゃないか」

奥本はシャッフルしたカードをテーブルの上に伏せ始めた。

そのあいだ、垂井は部屋をぐるりと見渡した。カラーボックスの上に小さなフォトスタンドがあり、そこに高校時代、同じクラスの生徒で撮った集合写真が飾ってあった。こちらと再会したことで、懐かしくなって引っ張り出してきたものかもしれない。

奥本がカードを一枚ずつ捲（めく）り始めると、早々にジョーカーが出た。

「これはどういう意味だ」

「最高にラッキーってことさ」

「嘘つけ」

矢印形の尻尾を生やした悪魔のようなジョーカーの絵柄は、どう贔屓目に見ても幸運を呼び込んでくれそうな存在とは思えなかった。

「悪いが、おれはひと眠りさせてもらうよ」

垂井はごろりと横になり目をつぶった。

はっ、と妙な引っ掛かりを覚えたのはその瞬間だった。意識の底の方でアラーム音のようなものが鳴っている。奥本と飲み始めてからいままでの間に、自分は何か重大なミスを犯した。そんな気がしてならないのだ。

——何をやらかした、おれは……？

必死に記憶を探ろうとしたが、その努力は、突然襲ってきた強い眠気にあっさりと飲み込まれてしまった。

目が覚めたのは、異臭を嗅いだような気がしたからだった。

煙の臭いに違いなかった。

それまでは夢を見ていた。舞台は消防学校だった。なぜか自分が教官になり、一段高い教壇の上から若い消防官たちにあれこれと講釈を垂れていた。

煙臭の次に気づいたのは、自分が額に薄らと汗をかいていることだった。妙に暑いという感覚がある。

それに、血液中の酸素が不足しているのが、何となく分かった。手足が痺(しび)れて動かせないような気もしている。

これは階下の方で、だろうか。バチバチと物を砕(くだ)いたような音がしているようだ。それから、人の叫び声も。

どこか遠くからサイレンの音も聞こえた。それがだんだん近づいてきたのが分かり、今度こそはっきりと目が覚めた。

まだ酔いと疲れが体の芯にへばりついている。それでも消防官時代の名残(なごり)で、一度目を開けてしまえば、条件反射的に上半身を起こすことぐらいはできた。

腕時計に目をやった。午前九時。だいたい一時間半ほど眠っていた計算になる。

いつの間にか、奥本も、炬燵の反対側で寝ていた。彼の体を跨(また)いで玄関口の方へ進んでいくと、ドアの隙間から煙が侵入してきているのが、はっきりと見えた。

「おいっ」

振り返って奥本に声をかけたが返事はない。

ドアノブに触ってみたところ、すでにかなり熱を持っている。火災が起きたことに間違いはなかった。

2

朝から部屋の片づけをしていると、ロープが出てきた。

かつて、これで輪を作り、自殺を試みたことがあった。

いま自分が住んでいるのはマンションの七階だ。一年前、同じ高さから飛び降りようとした四十一歳の男がいた。こちらと同年齢の彼は、重いうつ病を患っていたということだ。

一度は救助したはずのその男を死なせてしまったのは自分の責任だった。

ベランダに片足をかけていた男に背後からそっと近づき、彼の体にロープを引っ掛けたが、そのロープとこちらが体につけたハーネスとを繋ぐカラビナに不備があった。スクリューゲート式の安全環が、完全には締まっていなかったのだ。結果、男は落下して死亡した。

あの出来事以来、どうしても仕事に身が入らず、退職願を出した。

その一週間後には、気がつくとこのロープを準備して輪を作っていた。

以来、たびたび自殺願望が頭をもたげてくる。

酒で紛らわそうとしているが、一向に消える気配がない。それどころか、日に日に強まってくる。

いま繰り返し思い返すのは、「雪見ハイツ」の火災でいっそのこと死んでおけばよかった、ということだ。自分で企図しなければ、人間はなかなか死ねるものではないのだなと痛感する。

特に深酒をしたときは、気がつくと目の前に救助工作車が止まっていることがときどきあった。携帯電話の通話記録を調べてみると、酩酊している最中に、消防時代の知り合いに、自分はこれから死ぬと電話していたようだ。

苦い回想は、実際に鳴っている電話の音で破られた。

《起きていたか》

初め、今垣からだとは分からなかった。電話の声は、対面で話しているときよりも区別がつきにくい。しかも、今垣の声を聴くのは、彼が漆間分署から本部に異動して以来だから、だいたい三年ぶりぐらいになる。

カーテンを開けた。マンションの七階からの景色が目に眩しい。

《怪我の具合は》

「大したことはありません」

「雪見ハイツ」で火災が起きた際、逃げようとして階段で転び、右の膝を捻挫した。今垣に対する返事とは裏腹に、まだかなり痛む。

だが、それよりも奥本を失った精神的なダメージの方がよっぽど大きい。

「ご心配をおかけし、すみません」

こちらの異常な状態を悟られないようにゆっくりと喋ったつもりだが、足に感じる疼痛(つう)のせいで、腹部に力が入らない。そのせいで言葉に勢いが出てこないため、どうしても早口の会話になってしまう。
《「雪見ハイツ」の現場に来てほしい》
「どうしてですか」
《簡単な調査だ。確認したいことがある。おまえの口から当日の様子を教えてもらいたいんだ》
「調査なら翌日のうちに済んだのではありませんか」
火災の翌日は一日病院で過ごした。その日の夕方、実況見分は終わったと取材にきた新聞記者から聞いていた。
《あと少しだけ調べたい。出火の原因がまだ確定できていないんでね》
「いつですか」
《できればすぐにでも。いまから出てこられるか》
「分かりました。では、あと三十分いただけますか」
食パンを二枚、トースターで焼いて腹に収めてから、何を着ていくべきかと考える羽目になった。
火災の現場は危険だ。燃えているときはもちろんだが、鎮火した後もそうだ。落下物、釘などの踏み抜き、突出物などによる事故から身を守るため、安全靴やヘルメット、ゴムや革の手袋の着用が必要になる。

できるかぎりの準備をしてから、垂井はマンションを出て、かつて「雪見ハイツ」が建っていた場所に向かった。

一面が焼けただれ、所々に黒い灰が堆積している火災現場には、消防のほか、警察、大家や借家人、保険会社の調査員、野次馬など大勢の人間が足を踏み入れる。この場所もすでに、大小の足跡で荒らされていた。

すでに今垣は来ていた。腕には「調査」の腕章が冬の弱い陽光を反射し、鈍く光っている。

もう一人、作業服姿の若手もいる。今回の消火を担当した漆間分署の消防官、土屋崇文だ。

「本当はのんびり救急車にでも乗っている方が性に合っているんだ、おれは」

挨拶代わりにそんな独り言を口にしたあと、今垣はしゃがんだ。鼻をひくひくと動かし呟く。

「放火の痕跡はない」

「さすがですね。でも本当に臭いだけでそう断言できますか」

「できるさ。おれと同じ姿勢を取ってみろ」

言われたとおりにすると、今垣は姿勢を低くしたまま、こちらに一歩移動してきた。

「人間てやつはな、姿勢をかえるだけで、眠っていた嗅覚が活発に働き始めるもんだ。犬や猫の姿勢に近い恰好を取り、地面や床に近いところに鼻腔を接してみる。そうすれば、人の嗅覚は野生の本能を取り戻す」

　拝命以来、救急係が長かった今垣だが、火消し畑に移ってからは、消防研究所への出向経験も持っている。元々仕事熱心な男だから、あっと言う間に、危険物の取り扱いと調査業務のスペシャリストに変身した。普段は本部勤務だが、現在では消防学校でも「調査課程」の教鞭をとっているそうだ。彼の言葉がやけに理屈っぽいのは、そのせいかもしれない。

「どうだ。分かるだろう」

　言われてみれば、たしかにガソリンや灯油といった燃焼促進剤の臭いはしていない。

　こんな今垣という男と一緒にいると、セザンヌという名前が思い浮かぶ。

　画家セザンヌがまだ若かった頃、近所の農家が火事になった。その炎があまりに美しかったため、彼は目が離せなくなった。

　やがて消防士がやってきて、火を消そうとした。セザンヌは「待ってくれ」と頼んだが、消防士たちはかまわず放水しようとする。するとセザンヌは懐に手を入れた。そこから取り出したものはピストルだった。

「水をかけたいならかけろ。もし体に穴が開いてもかまわないならな」

　銃口を向けられ、消防士たちは身動きできなくなった。こうしてセザンヌは、農家が完全に燃え尽きるまで、十分に炎の美しさを研究することができた。

　消防学校で当時の教官から聞いたエピソードだ。

現役時代、今垣が行なった火災調査に立ち会い、焼けた木材を何気なく片付けようとしたことがあった。次の瞬間、「おいっ、そこ」と今垣から指をさされていた。「あと一回でも、おれの許可を得ないで何かに触ったら、この現場から出ていってもらうからな」

普段は温厚な男だけに、人が変わったような怒声には驚いた。いきなり突きつけられた指がピストルの銃口に見えたものだ。冷徹な目で焼け跡をじっと観察する今垣の様子は、あたかも「陰のセザンヌ」といった趣だった。自分が大事だと思った物事に対しては、どこまでも非情になれる男なのだ。

「ところで垂井。出火直前と直後におまえが取った行動を教えてくれないか」

垂井は頷き、空咳を一つしてから、記憶にあるかぎりの事柄を説明した。

「なるほど。あのあたりに」今垣は焼け残った鉄の階段を指差した。「溶けたペットボトルが転がっていたが、あれはおまえが置いたわけだな」

「そうです」

「そのあたりをもう少し詳しく知りたい。動きを再現してくれないか」

問われるままに、門柱の前まで行き、ペットボトルを蹴飛ばす動作をし、それを拾ってゴミ袋の前に置くふりをしてみせたところ、今垣は目をつぶって腕を組んだ。

そうして調査官が無言を決め込んでいるあいだ、垂井は土屋に顔を向けた。

土屋は、高校を出たあと、消防官の採用試験に受かるまでは薬局でアルバイトをしていたそうだ。拝命当時は、ずいぶんと体の線が細かった。そんな新米だった男も、何年かキャリアを積んで少しは逞しくなった。

だが今日は一言も発しない。かなり落ち込んでいるのが、傍目にもよく分かる。いま土屋の脳裏では、この場所で起きた火災の映像が何度もリプレイされているに違いない。

あのとき自分は、玄関から炬燵の方へ取って返し、奥本を起こそうとした。だが、ドアの方へ顔を向けて寝ていた奥本は、すでにいくらか煙を吸っていたらしく、簡単には目を覚まさなかった。そこへ漆間分署の消防士たちが入ってきた。

自分は、消防士の一人に抱えられるようにして部屋を出た。階段の途中まで連れ出してもらったところで、その消防士に目で伝えた。「こっちはもう大丈夫だから、あんたは奥本の救助に手を貸してやってくれ」と。そして介添えの手を振り切るようにして、一人で残りのステップを駆け下り始めた。

直後、たちまち体のバランスを崩してしまったのは、まだかなり酔いが残っていたからだろう。一階まで転げ落ちる最中、右膝を無理に捻ってしまったらしく、ずしんと感じた重い痛みに、思わず呻き声を上げていた。

奥本もいったんは救助されたが、病院へ運ばれたのち、一酸化炭素中毒で死亡した。渦を巻く黒い煙の中、その奥本を背負って二階から降りてきたのが土屋だった。

もっと迅速に行動していれば助けられた――土屋はそう悔やんでいるのだ。

自殺企図の男を助けられなかったときの自分と、いまの土屋の姿がぴたりと重なった。

土屋はいずれ「辞めたい」と弱音を漏らすようになるかもしれない。そうならないことを祈るだけだ。

ほどなくして、黙想状態にあった今垣が目を開けた。

「正式な書類は三日後に出すが、いまのところの、おれの見立てをここで言っておこう。──発火元は、階段の前に置いてあったゴミ袋だ」

その言葉の意味を解しても、垂井はそれほど驚きはしなかった。もしかしたら、そうではないかと密かに予想していたからだ。

水の入ったペットボトルが、陽光を集めるレンズの役割を果たした。いわゆる収斂火災が起きたのだ。

収斂火災は、日差しの強い昼間、あるいは夏に発生しやすいと思われがちだが、実際は違う。太陽の高度が低い方が、陽光が地面の低い位置や室内により差し込みやすいため、夕方や冬にこそ多く起きている。

「つまり、うっかりこのアパートを燃やしてしまった『犯人』は、ゴミ袋の前にペットボトルを置いた人物、ということになる」

3

平日の午前中だから、ホームセンターの客はまばらだ。

ハンマー、オノや鳶口(とびぐち)、ロープ、ホース、エンジンカッター……。

消火や救助に馴染みの深い道具が、よく目につく。消防の関係者は、総じてこういう店の中が好きに違いない。少なくとも自分は嫌いではない。

しばらく商品をぼんやり眺めたあと、垂井は、三角コーンを四つと、それらを連結するためのコーンバーを三本カートに入れた。

そのとき、懐で携帯電話が震えたのが分かった。

端末を取り出してみると、メールの着信があった。漆間分署の後輩、大杉(おおすぎ)からだった。

《来週から消防学校で若手消防士の研修会がありますが、土屋はそれに参加したくないと言っています。どうやら仕事を辞めたがっているようです》

長々と文章が並べてあるが、要約すれば、書いてあるのはそんなことだった。

そして結びは《あいつは垂井先輩を尊敬していましたので、会って話を聞いてやってくれませんか》となっていた。

携帯をしまって、レジに向かった。

財布を取り出し、代金の八千七百円を払い、店の外に出た。

携帯電話ショップへ行き、いま使っている電話を解約し、大杉からのメールも含め、端末に入っていたデータを完全に消去してから下取りしてもらった。

そうしてマンションへ戻ると、七階にある自室のベランダから見てちょうど真下にあたる位置に、いまホームセンターから買ってきた三角コーンとコーンバーの設置を終え、マンションの建物内に戻った。

エレベーターに乗って七階へ。現役の消防士だったころは、もちろんエレベーターなど使わず、階段を利用して少しでも足腰の鍛錬に励んだものだ。

七一二号室。自分の部屋を開けると、目に入ったのはやけにがらんとしたスペースだった。家具一切は昨日のうちにもう処分してしまっていた。

固定電話と、ワンカップの日本酒や缶ビールが二十本近く。残っているのはその程度と言っていい。

右の手首に嵌めた腕時計が正午の時報を鳴らしたのは、二本目のワンカップを飲んでいる最中のことだった。

そのとき、ふと思い出した。今日の正午頃、火災調査の結果が正式に出るから、今垣がメールで知らせてよこす段取りになっていたはずだ。

だが携帯電話を手放してしまった。これでは受信できない。

――いいさ。ほっとけ。

収斂火災。つまり垂井柾彬の過失――彼が一度そのように言った以上はそうなのだろう。今垣は間違いのない男だ。

カップ酒を五本、缶ビールを三本飲んでから、ふらつく足取りで立ち上がった。

ベランダに出るために窓を開けたとき、まだ腕時計をしたままだったことに気づいた。

消防士の採用試験に合格した記念として買ったものだから、さすがに道連れにするには忍びない。

「弟へ。あとを頼む」――そう走り書きした付箋を貼ったプラスチック製の小箱。その中に腕時計を入れた。

「マンション七階に住むと酒代が浮く。地震のときはあまり揺れるんでよく酔える」

ついぽそりと吐き出した独り言が、そんな内容だったのは、腐っても元消防士、災害に対する興味が、胸のどこかにまだ残っていたからだろうか。

驚いたのはベランダから下へ目を向けたときだった。

赤い車両が何台か見えた。和佐見消防の救助工作車だ。車両上部にペイントされた文字と数字から、漆間分署から来たものだと分かる。

せっかく設置した落下地点用の三角コーンとコーンバーも撤去されていた。

そして空気式救助マットの設置が始まろうとしているところだった。マットはすでに、救助工作車に搭載された専用の送風機とパイプで繋がっている。もう一分ほどで完全に膨らむだろう。

万が一通行人の頭上に落下してはことだから、三角コーンとコーンバーで、身投げした自分の体が落ちる場所を確保しておいた。その作業が余計だった。その間に、誰かが不審に思って消防に通報したに違いない。

急いで飛び降りようと、ベランダの柵に右足をかけた。捻挫した部位が、また小さく悲鳴を上げる。

その直後、肩のあたりに重い衝撃があり、視界が揺れた。自分の体が後ろに倒されたのが分かった。外から部屋の中に蹴り込まれてしまったのだ。

懸垂下降の要領で窓から入ってきたのは、ネイビーブルーの防火服がややダブついて見えるような、消防士にしては線の細い男だった。土屋だ。

垂井は後輩の顔に向かって呟いた。「無茶しやがって」

「懸垂下降で飛び降りを防ぐときは、思い切ってやれ。そう教えてくださったのは先輩ですよ」

「おまえ、仕事を辞めるつもりだって聞いたぞ」

「辞めるのを止めました」

言いながら、土屋が覆いかぶさってきた。同時に、耳に硬いものが触れた感覚があった。土屋が携帯電話を、こちらの耳朶に当ててきたのだ。

《約束どおり今日の正午前に、おまえに調査結果を携帯メールしたが、届かなかった》

声の主は今垣だった。

「携帯は、もう解約しましたので」

《身辺整理ってわけか。――早まったな。せっかくの朗報だったのによ》

「……と言いますと？」

《おまえへの疑いは晴れた。すまん、おれの見立てが間違っていたよ。あれは収斂火災じゃなかった》

自殺騒ぎなどを起こしてしまうと、さすがに近所の人に顔向けもできないし、大家にも申し訳ない。そんなわけで郊外の借家に引っ越した。

中古の家具を買い揃え、一応、人生の再スタートを切れるだけの住まいになるまで、あまり時間はかからなかった。

4

垂井は、狭い庭で色の剝げたテーブルに向き合った。

一般的に、家具には、あまり濃い塗料は使われていない。表面に施されているのは、主にステインと呼ばれる着色剤だ。これを落とすには、まず剝離剤を塗布する。その後、十分から十五分ほど放置してから、ヘラ状の金具を使って表面を削っていく。そうすれば塗料をきれいに剝がすことができる。さらにこのあと電動式のサンディングマシンで研磨すれば、元の美しい木地が表に出てくる。

そんなふうにして中古家具の修復をしているうちに、腹が空いてきた。

握り飯を作ることにする。味付け海苔を巻こうと思い、その容器を棚から取り出してみたところ、中に入っていたのは最後の一枚だけだった。

乾燥剤を捨てるとき、生ゴミと一緒にしないよう、ビニール袋に入れてからゴミ箱に放り込んだ。

ついでに買い置きの酒類はすべて流しに捨ててから、垂井は外に出た。

バスと徒歩で合計三十分ばかりをかけ、消防学校に行き、ロビーにあるソファに腰を掛ける。

「いい加減、次の仕事は見つかったんだろうな」

その声に振り返ると、今垣が立っていた。授業は終わったらしい。

「いまは家具の修理に興味を持っています。中古の椅子やら箪笥やらを扱う仕事を探そうかなと思っているところです」

「そりゃあいいことだ。掘り出し物があったら、おれに安く売ってくれ。――新しい借家はどうだ」

「ボロいですが、なかなか快適ですよ」

「ボロい？　そういう家はつまり燃えやすいってことだろう。火には気をつけろよ」

「大丈夫です。乾燥剤は濡れないようにして処分していますから」

そう言ってやると、今垣はにやりと歯を見せた。

生ゴミのような水分を含んだものに乾燥剤が加わると、生石灰が発熱し、紙ゴミを燃やすことがある。事実、それが原因で、各地のゴミ置き場では小火がよく起きている。

生ゴミの代わりに濡れたティッシュでも同じだ。いや、なおさら危険と言えるだろう。

調査の結果、それが「雪見ハイツ」火災の本当の原因だったらしい。つまり、はっきり言ってしまえば、火災の原因を作ったのは、濡れたティッシュと乾燥剤を一緒に捨てる癖を持っていた奥本自身ということになる。

「で、今日は何の用だ」

今垣に会いたい旨は、契約し直した携帯電話からすでにメールで伝えてあった。

「礼なら要らんぞ。文句も受け付けんからな」

「屋上からの景色が見たいんです」

「だったら勝手に行けばいいだろう」

「まだ痛みますから」

垂井は自分の右膝を指差してやった。

「本当かよ。前におれが怪我の具合を訊いたとき、言ってなかったか。『大したことはありません』って」

「あれは消防官時代の癖ですよ」

なかなか弱みを見せづらい職業だ。この仕事を長くやっていると、どうしてもやせ我慢ばかりし、いつしかそれが習慣になってしまう。

「……しょうがないな」

呟いた今垣の肩に、垂井はすかさず手をかけた。

退職したあと不摂生を続けたせいで、現在こちらの体重は八十キロに近い。それだけのウエイトを背負って四階建ての建物を屋上まで階段で上った今垣は、さすがに息を切らせている。

「先輩こそ、前に言ったはずです。『救急車にでも乗っている方が性に合っている』って」

「――ああ」

「救急隊員なら、人一人担いで階段を上り下りするぐらい、軽くできなきゃ駄目でしょう」

「――だな」

「それと以前、『山羊の童話』の話をしてくれましたよね。救急の現場で頑張りたいと思っても、訓練は大変です。体力的にそれほど疲れない調査畑にいる方がありがたい、ということが、よく分かったんじゃないですか」

今度は、今垣からは返事がなかった。恨めしげな上目遣いの視線をこちらに向け、だが口もとにはかすかな笑みを湛（たた）え、いまだに肩を大きく上下させている。

目を転じてグラウンドを見下ろすと、研修で集められた若手隊員たちがホースカーの訓練をしているところだった。

ホースカーには乗車型と手引き型があるが、いまグラウンドで扱っているのは、人が乗らない手引き型だ。

「右折なら右折、左折なら左折、前のやつがしっかり声を出して指示しろっ」

教官の声が響き渡るなか、

「右よし、左よし、前方よし、発進」

一際張りのある大声を出しているのは土屋だった。

「辞めたい」と弱音を吐いていた彼が、なぜこうして元気を取り戻したのか。

垂井は振り返ることなく、背中の目でもう一度今垣を見やった。

これもおそらく彼が仕組んだことかもしれない。

火災で一人の命を助けられなくて落ち込んでいた土屋に、その火災が尊敬する先輩の過失であるというショックをさらに突きつけてから、間違いだったと知らせた。そうすることで現状を納得させたのではないのか……。

——わたしが責任を感じて自殺するリスクを計算に入れなかったんですか。

そう糾弾めいた質問をぶつけてやろうと思ったが、結局は思い止まった。

「セザンヌ」の答えを聞くのが、少し恐ろしかったからだ。

命の数字

1

ひび割れた壁に咲く花よ
私はお前を割れ目から摘み取る
私はお前をこのように、根ごと手に取る

テニスンの詩集を開き、目についた一節を口に出して読んでいると、玄関のチャイムが鳴った。

栂本康二郎(つがもとこうじろう)は椅子(いす)から立ち上がり、玄関へ向かった。ドアを開けると、そこに立っていたのは俊治(しゅんじ)だった。ここへはバイクで来たのだろうか、手にゴーグルを持っている。

俊治は軽く息を切らしていた。高齢者用単身マンションの五階。ここまでエレベーターではなく階段を使い、歩くのではなく駆け足で上がってきたらしい。消防士という職業柄、ちょっとした機会でも貪欲に捕まえて足腰の鍛錬に励んでいる、ということだ。

「どうした。何か用か」

俊治はこちらの問い掛けに答える素振りも見せず、大きな体をのっそりと玄関口に入れてきた。

「おい、何だよ。久しぶりに会ったのに挨拶もなしか」

足早に各部屋を覗いて回る息子の背中に向かって、尖らせた声を投げてやると、俊治は足を止めて振り返った。

「おれが来るまで、お父さんは何をしていたんですか」

ページを開いた状態でテーブルに伏せてあったテニスンの詩集を、康二郎は手にしてみせた。

「詩の朗読だよ」

「そういえば、近々また合唱コンクールがあるんでしたっけ？」

「ああ。今度こそ上位に食い込みたいんでね」

美しい言葉で書かれた詩や小説の朗読は、声の調子を整えるのに効果的なのだ。世間一般にはあまり知られていないようだが、これは音楽に携わる者にとっては半ば常識だ。

「お父さん、おれの方に背中を向けてください」

「どうして」

「いいから、じっとしていてください。目を閉じていてもらえますか」

言われたとおりにすると、両目の周囲に圧力を感じた。俊治が手に持っていたゴーグルだ。あれをかけられたのだと分かった。

「もういいですよ」

目を開けたところ、視界がやたらに曇っていた。

「ちょっと待った。よく見えないぞ」

「もちろんです。そのように作ってある道具ですから。火災の現場では、見通しがとても悪くなります。濃い煙なら、せいぜい三十センチがいいところです。それで出口まで歩けますか」

歩を進めてみたところ、すぐにテーブルに太股をぶつけてしまった。

「もう勘弁してくれ」

康二郎はゴーグルを外した。

「お父さん、どうしておれの言うことを素直に聞いてくれないんですか。防煙マスクとLED懐中電灯をすぐに買っておくように。そう先日お願いしておいたでしょう」

「そうだったね。すまん。忘れていた。――いや、ちゃんと覚えてはいたよ。今週のうちに買おうと思っていたところだったんだ」

「今日は何月何日ですか」

「……何日っておまえ」康二郎はカレンダーに目をやった。「九月一日だよ。――ああ、チェックする日だったな」

三の倍数月の初日は防災用品点検の日。そう息子から教えられたのは、今年の春だった。

俊治は一枚の用紙を突きつけてきた。

乾パン、缶詰、飲料水、蠟燭、マッチ、ポリ袋、レジャーシート、救急セット、軍手、ロープ、布バケツ……。その用紙には、何十という品目が並んでいた。一般的な防災セットの中身が記された一覧表だった。

「防災用品の購入は、うちの分署でも斡旋しています。その注文書に丸印をつけてさえくれれば、おれが手続きをして買っておきます」

「いや、やっぱりいいよ。買っても邪魔になるだけだから。だって災害ってのは、人間の想定を超えたところで起きるだろ。何を準備したところで、それを使う機会すらなかった、ってのが普通じゃないか」

「ひとたび火災や地震があると、お父さんのような人が真っ先に命を落とすんですよ」

「こっちはもういい歳なんだ。いつまでも生きていたいと思わないね」

俊治はポケットに手を入れた。そこから何か取り出し、こちらの胸元に押し付けてくる。

見ると、オレンジ色をしたホイッスルだった。

「これは『命の笛』です。せめてこれぐらいは、いまこの瞬間から、いつも携帯するようにお願いします」

口に当てて吹いてみてください——そう仕草で要求してきた俊治に従ってみたところ、かなり高い音が出た。周波数で言えば三一五〇ヘルツといったところか。

「もし大きな地震があって、生き埋めにされるようなことがあれば、それを吹いてください。近くで重機が動いていても、上空をヘリコプターが飛んでいても、ちゃんと誰かに聞こえるようになっています」

俊治の説明によると、このホイッスルなら、分厚いガラスや壁で遮られている場所でも、弱い息で吹くだけで、音が遠くまで届くという。嵐の中でもよく聞こえることから「ストームホイッスル」なる別称もついている、とのことだった。

たしかに、三一五〇ヘルツは人間の耳が一番聞き取りやすい周波数と言われている。命の笛が奏でる、それはいわば「命の数字」と言ってもいいだろう。

「ありがとう」

一応礼だけは言っておいたが、こんなものも必要ない。

こっちは四十年近く音楽教師をやってきたのだ。引退したいまでも、市内の愛好家で組織している男声合唱団のリーダー役を務めているぐらいだから、その程度の発声はできる。男でもファルセット——裏声を使えば、訓練次第で三〇〇〇ヘルツ程度の音は自分の喉から出せるものだ。

「それから、携帯電話かGPS発信機は、首からぶらさげて、いつも身につけることをお勧めします。お父さんぐらいの歳になると、見当識障害を突然発症することもありますから」

「分かってるって」

こっちはまだ元気なんだから、あんまり世話を焼くもんじゃない。そうジェスチャーで伝えてやるために、さもうるさそうに手を振ってやろうとしたところ、居間の隅で電話が鳴った。

まだ手にしていたホイッスルを電話台の端に置き、空いた手で受話器を取ると、聞こえてきたのは高野省平(たかのしょうへい)の声だった。

《やあ康二郎さん。あんた、いま暇(ひま)か？　時間があるなら、ちょっと助けてくれ》

「どうした」

《家具を動かしたいんだが、重すぎて一人じゃ難しい。無理にとは言わないよ。暇なときでいいから、手伝ってもらえるとありがたい。頼めるのはあんたぐらいしかいなくてな》

「なるほど。そりゃ緊急事態だな。じゃあ、大急ぎでそっちに向かうよ」

俊治から逃れるために、わざと大袈裟(おおげさ)に反応し、受話器を置いた。

「誰からですか」

「合唱団のメンバーからだよ。昔からの友達だ。どうしてもおれの手が必要だそうだ。すぐに行かなきゃならない。すまんが、おまえはもう帰ってくれ」

2

省平の家は、歩いて五分ほどの場所にあった。人通りの少ない住宅街で、周囲には空き家が多い地域だ。

インターホンを押しながら見やった庭は、雑草だらけだった。こちらと同じく男のやもめ暮らしだから、家の手入れは行き届いているとは言いがたい。

インターホンから聞こえてきた省平の声はもごもご籠っていて、何を言っているのかよく分からなかった。「鍵はかかっていないから勝手に上がってくれ」そういう意味なのだろうと見当をつけ、ドアを開けた。

居間に入っていったところ、省平は隣接する台所に立ち、茶を出す準備をしていた。見ると、口に割り箸をくわえている。先ほどの酷い滑舌は、このせいだったようだ。

省平がまた不明瞭な発音で何事かを口にした。おそらく、「よく来てくれた。座ってくれ」だろう。

「練習の最中だったか」康二郎は居間のソファに腰を下ろした。「安心した。呆けたのかと思って心配したよ」

発声練習の一つに「割り箸法」というものがある。箸を両奥歯で嚙むようにして口にくわえると、喉の形が固定され、低い音も高い音も、わりと楽に出せるようになる。歌詞を発音するのは無理だから、「アー」で出せるいちばん低い音から始め、一つずつ音程を上げていく。毎日ほんの数分間だけでもこれを続けていると、出せる音域が次第に広がっていく。

「アーアーアーアー」

発声練習をしながらトレイに茶を載せて居間へ入ってきた省平は、そこでやっと割箸を口から外した。

「黙って聞いていれば、酷い言いぐさだな。おれがこんなに努力しているのは、康二郎さん、リーダー役のあんたの顔を立ててやろうと思ってのことだぞ」

「そいつはありがたいね。だけどお互いこの歳だ。人前であんまり変なことばっかりやっていたら、認知症を疑われるぞ」

茶を啜りながら世間話に興じていると、いつの間にか三十分近く時間が経っていた。

「それで」康二郎は湯飲みを置いた。「動かしたい家具というのはどれだい」

「箪笥だよ。トイレの前に置いてある」

「そんなところに、そんなものがあったかね」

「今年の正月に置いたんだよ」省平が立ち上がった。「こっちだ。来てくれ」

省平のあとを追って廊下を奥へ進むと、なるほどトイレの前には大きな箪笥が置いてあった。高さ二メートル、幅一・八メートル、奥行き七十センチメートルほどか。材質は樫のようだ。

「この箪笥って、前は寝室にあったよな。どうしてこんなところに置いたんだ」

「最近はよく地震が起きるだろ。寝る場所に大きな家具を置いておくのは危ないと思ってさ」

それはこちらも息子からたびたび言われていることだった。

「そう考えたら、置き場所がここしかなかったんだよ」

「なるほど。それにしても重そうだな。どうやってここまで移動させた」

「息子二人が一緒に帰省したときにやってもらったんだ。ちょっと手間取ったけど、何とかやれた。業者に頼むと高いからな。——康二郎さん、あんたの息子さんは元気か」

「おかげさまでね。さっき会ってきたばかりさ」

俊治には、幼いころから音楽教育を施してきた。できれば自分のあとを継いで教師にでもなってほしかったのだ。なのに、どうして消防官の道などを選んだのか。志望動機は何だったのだろう……。

トイレの前には段ボールの箱があり、その中にいろんな物が入れてある。箪笥の中身をそこに全部出した、ということらしい。

「それで、どこへ動かす？」

「少し横へずらすことさえできればいい」

省平の話では、空いたスペースに文庫本を置く棚を作りたい、とのことだった。

康二郎は箪笥の側面に手をかけて押してみたが、ぴくりとも動きはしなかった。

「こいつは難物だぞ。もう一人ぐらい応援を頼んだ方がいい。こっちは二人ともいい歳なんだから、あんたの息子さんほどの力は出せやしない」

　省平は両手を軽く挙げることで、賛成の意を伝えてきた。

　家の中のどこにいても着信音が聴こえるようにするためだろう、電話は廊下に置いてあった。箪笥のすぐ横にあたる位置だ。

　プッシュホンのボタンを押したあと、省平はしばらく受話器を耳に当てていた。しかし一言も話すことなく、やがてそれをフックに戻した。

　続いてもう一度別の番号にかけたが、またしても相手は留守のようだった。

「いま、あんたがかけた相手は桜井さんと松川さんだな」

「どうして分かった」

「だって、〇二×―四五九×と〇二×―五八四×にかけただろ。それは桜井さんと松川さんの番号だ」

「だけど……」

　省平はまだ不思議がっている。いま電話機は自分の体の陰になっていて、康二郎の目には触れなかったはずだ。なのに、どうして押した番号が分かったのか、と。

「ピッポッパッだよ。プッシュホンの音が教えてくれたのさ。その周波数からね」

　プッシュ回線で使われているトーン信号は、高群周波数音と低群周波数音の二つが合成されてできている。例えば、1のボタンを押したときに鳴る音は、一二〇九ヘルツと六九七ヘルツの二つから成っている。

長年音楽に携わってきた自分の耳なら、どんな音を聴いても、その周波数をほぼ正確に言い当てることができた。合唱クラブに所属しているメンバーの電話番号は全員分が頭に入っているから、押した数字が把握できれば相手も特定できるという寸法だ。

「流石に耳がいいな」

「うちの居間にあるのもピッポパッの音が出るプッシュホンだからね。いつも聴いてりゃ、嫌でも分かるようになるさ」

「それはそうと、桜井さんも松川さんも留守だったよ。ほかに頼める心当たりはあるかい」

康二郎は友人の顔を何人か浮かべてみたが、忙しそうだったり健康状態が良くなかったりする連中ばかりだ。いまの問い掛けには首を横に振るしかなかった。

「じゃあやっぱり、この二人だけで何とかやり遂げようや」

康二郎は省平と手分けして、一日分の新聞紙を四つに折り畳んだ。箪笥の手前を少し浮かせ、その新聞紙を下に挟む。

こうしてから箪笥の奥側を浮かせるように手前に傾けつつ、下の新聞紙を家具と一緒に引っ張れば、どうにか移動することができるはずだ。

二人で新聞紙に手をかけてから、康二郎は言った。「これから箪笥を動かしますからね。用意はいいですね。しっかり頼みますよ」

「……あんた、誰に向かって喋(しゃべ)ったんだ、いま」

「自分にだよ。無理な姿勢できつい力仕事をしなきゃならないときは、まず、自分の体によく言い聞かせるといいんだ。自分で自分に声をかけてやると、脳が指令を送って筋肉に心構えをさせるわけだ。すると、ギックリ腰になる確率はぐんと下がるんだよ」

「本当に物知りだな、康二郎さんは」

「いや、これは息子から教わったのさ」

人体のように重いものを持ち上げなければならない消防士という職業は、特に腰痛が心配な仕事の一つだ。

簞笥の下部に挟んだ新聞紙を引っ張ってみたが、大きな樫の家具は少しも動いてはくれなかった。

「ちょっとタイム」

急に尿意を覚え、康二郎は腰を叩きながら立ち上がった。先ほど茶を飲み過ぎてしまったらしい。この歳になると不意の尿漏れが頻発する。しかもそれは力仕事をしたときに起こりやすいから油断は禁物だ。

「手洗いを貸してくれ」

「どうぞ。トイレなら、ここから徒歩で一秒のところだよ」

「おれがいない間、一人で無茶をするなよ」

康二郎は簞笥に背を向け、トイレのドアを引いた。

背後でどかんと音がしたのは、用を足し終えたときのことだった。

ズボンのチャックを引き上げながら首を後ろに捻ると、木製のドアがめりっと丸く盛り上がっているのが見えた。外側から、何かが強い力で押し付けられたに違いなかった。

「おい、どうした」

声をかけたが、省平からの返事はない。

体の向きを変え、ドアのノブを回した。しかし、トイレの外に出ることはできなかった。いくら強く押しても、ドアがまったく開かないのだ。どうやら、入口の前にやたらと重いものが立ち塞がっているらしい。つまり簞笥が倒れてきたということだ。

「なあ、省平さん。大丈夫なのかっ」

ドアを拳で叩きながら声を張り上げてみたが、向こう側からは、やはり何の反応もなかった。

トイレのドアには下部に、通気のためのスリットが設置されていた。康二郎は床に膝をついた。体を二つに折り曲げるようにして、その隙間から覗くと、省平の頭部があった。気を失っているようだ。

こちらがトイレに入ったあと、省平は、自分だけで簞笥を動かせるかどうか確かめようとしたらしい。案の定、倒れてきた巨大な家具を一人の力では支えきれなかったというわけだ。

一瞬だけ最悪の事態を想像してしまったが、省平の鼻から呼吸音が聞こえてくるから、幸い生きているのは間違いない。

「しっかりしろっ。目を開けてくれっ」

スリットを通し、耳元に向かって大きな声をかけてやっても、省平に反応はなかった。

箪笥が床に対して十度ほどの角度で傾いているのが分かる。天板の部分が、このトイレのドアに密着している形になっていた。とんでもなく重い材料でつっかえ棒をかまされた形だから、なるほど開けられるはずもない。

省平の体は完全に箪笥の下敷きになってしまっていた。

もう一度よく見ると、省平の額からは血が一筋流れていた。倒れてきた箪笥とトイレのドアとの間に、頭を挟まれたようだ。

こちらに向かってドアが丸く隆起したのは、それによりかかるようにして倒れた省平の頭部が、斜めになってのしかかってきた箪笥に押されたせいだろう。かなりの重さで頭がドアに押し付けられ、スタンプを押したように形が丸く板に残ったということだ。

何とかしてこのトイレから外へ脱出できないか。出られさえすれば、電話で消防に連絡し、救助を要請できるのだが……。

脱出に使える道具が何かあるはずだ。康二郎は、トイレ内に作り付けられていた道具入れを開けてみた。予備のトイレットペーパー、ラバーカップ、箒（ほうき）と塵取り（ちりとり）。入っているのはそれだけだった。

気がつくと喉が猛烈に渇いていた。トイレ内に設置されている蛇口（じゃぐち）を捻って水を飲んだ。

喉を湿らせたついでに顔も洗った。蛇口の上に取り付けられている鏡を覗き込み、水滴がついたままの顔を見ながら自問する。

——どうすりゃいい？

もう一度ドアを押してみようかと思ったが、結局やめておいた。簞笥の重さと、倒れた角度を考えれば、どんなに力をこめて押したところで、それを開けることは不可能だ。

俊治の顔が浮かんだ。携帯電話を首からぶら下げておくよう、言われたばかりだったのに。忠告に従わなかったツケを、こんな形で払うことになろうとは想像もしていなかった。

せめて命の笛ぐらい持ってくればよかった……。

——いや、待て。

康二郎はもう一度喉を潤した。ホイッスルなど必要ない。建物の壁を越えて遠くまで届く三一五〇ヘルツの音など、いくらでも自分の喉から出せるのだから。

3

康二郎は便器に腰掛けた姿勢のまま頭髪に指を突っ込んだ。顔から血の気が失せているせいだろうか、頭が軽く感じられてならない。

再び腕時計に目を落とした。

ファルセットを使い、三一五〇ヘルツの高音で、できるかぎりの大声を出した。きっと誰かの耳に届くと信じ、自分の喉で命の笛を鳴らし続けた。

あれから三十分経ったが、救助の手が差し伸べられる気配は微塵もない。

何度かスリット越しに省平に声をかけてきたが、まだ意識が戻っていない。

康二郎は腰掛けていた便器から立ち上がった。

「このドア、壊してもいいな。許せよ」

だいぶ髪の薄くなった省平の頭頂部に向かって一応承諾を求めてから、道具入れの扉を開けた。取り出したのはラバーカップだった。

柄の部分を使ってドアの上部を壊しにかかる。

ドアは木製だから、もしかしたら人ひとりが通れる大きさの穴ぐらい、開けることができるかもしれない。

最初の一撃で、板の薄い部分に割れ目ができた。

息を切らしながらラバーカップの柄をドアに向かって振るい続けていると、次第に穴の直径が増してきて、顔だけなら外に出せるようになった。

だが、それ以外の部分は板の厚みがありすぎて、この細い柄一本だけではとても壊せるものではなかった。

とりあえずいったん手を止め、ドアに開いた穴から顔を出してみたところ、まず目に入ってきたのは、箪笥の裏側だった。

斜め左の方向には、廊下に置かれた電話台と、その上にあるプッシュホンが見える。無駄だとは分かっていた。それでも穴に腕を入れ、電話の方へ伸ばしてみないではいられなかった。

限界まで突き出した指先と電話までの距離は目測で一・五メートル程度か。とてつもなく長い百五十センチだ。

マジックハンドのような道具があればいいのだが。受話器を上げたあと、一、一、九と三回だけボタンを押せればいい。受話器から離れていても、大声で助けてくれと叫べば、通報を受けた消防の職員も、事態の深刻さを分かってくれるだろう。

康二郎はラバーカップのネック部分に手をかけ、柄からカップを取り外した。そして箒を取り出すと、これも穂先の部分だけを足で踏みつけ、柄から分離させた。こうして手元に二つの棒が残った。

次にトイレットペーパーから芯だけを抜き出した。これを使って、ラバーカップと箒、二つの柄を接合できないものか。

まずラバーカップの柄を芯に通し、そこに箒の柄も差し込んだ。柄の細さに対して芯はだいぶ直径があるからけっこうな隙間が生じたが、そこにはトイレットペーパーをぎゅうぎゅうに詰めることで、どうにか固定することができた。

そうして作り上げた棒は、「へ」の字に折れ曲がってはいたものの、ドアの穴から伸ばしてみると、先端部分が電話機に届いていた。これで受話器を上げることはできそうだ。

だが、問題はまだ残っている。芯とトイレットペーパーで接合した部分が不安定であるために、棒の先端部分がぐらぐらと揺れている点だ。これではプッシュホンのボタンを押すことは無理だった。いくら注意深く操作しようとしても、制御するには限界がある。

とりあえず受話器だけでも電話機から外してみるか……。

いや、ボタンを正確に押せないのなら止めておいた方がいい。ツーという待機音が時間切れでツーツーに変わってしまったら、いくら正確にボタンを押したところで、もはやどこにも繋がらなくなってしまう。

康二郎は腕を引っ込め、再び便器に腰を下ろした。

やはり省平の意識が回復するのを待つしかなさそうだ。相当に重量のある物体に体を挟まれた状態だが、意識が戻ればどうにか抜け出せるだろう。

気長に待つしかない……。

＊

あれからどれぐらい時間が経ったのだろうか。

気がつくと、ドアの向こう側で呻き声がしていた。

康二郎は通気用のスリットから外を覗いた。

省平の頭が動いている。意識が戻ったらしい。額に筋を作っていた血液は、もうすっかり固まっていた。

腕時計に目をやった。トイレに閉じ込められてから、三時間半が経過していた。

声をかけようとして口を開いたが、それでは省平が余計に混乱するだけかもしれないと考え、まずは黙っていることにした。

省平は瞬きを繰り返したあと、ゆるく頭を振った。自分の体にのしかかっている箪笥を見上げ、ようやく何が起きたのかを把握したようだった。

「だから無茶するなって言っただろうが」

スリット越しに声をかけると、省平が首の角度を変え、こちらに目を向けた。姿勢の関係で、かなりの上目遣いになる。

「おかげさまで、こっちは退屈で死にそうだ」

トイレのドアが塞がって開かなくなっていることを、省平も箪笥の下敷きになりながら理解したようだった。

「……すまん」

「今度から、漫画でも古新聞でもいいから、トイレには何か読むものでも置いててくれよな。――で、頭は大丈夫なのか。痛みはないか」

「……問題なさそうだ」

「足の方は、どんな具合だ。がっちり挟まっているようだが、抜くことはできるか。そこから出られたら一一九番に電話してほしい」

「分かった。ちょっと待っていてくれ。試してみる」

省平はもぞもぞと体を動かし始めた。

ここから一番近い消防署の施設は漆間分署だ。俊治が今日、非番でよかった。臨場する隊員の中に息子がいたら、バツが悪くて顔を合わせられなかったところだ。

一時はどうなることかと思ったが、なにはともあれ、これでやっと出られる。このトイレから出たら、まずは窓から身を乗り出して外の空気を目一杯吸い込んでやる。

「無理だ」省平が言った。「重すぎて、どうにもならん」

「そんなことがあるか。簡単にあきらめるなっ」

思わず声を荒らげてしまったことを少し恥じながら、康二郎は床に座った。尻を支点に、体を回転させるようにして、狭い場所で動いた。足を通気スリットの方へ向ける。

「目をつぶってろ」

ドアを蹴ってスリットを壊し始めた。

「お、おい」

「許せ。こうするしかない」

省平からは見えない位置にはもうとっくに大きな穴が開いている。こうなった以上、あと何箇所壊そうが一緒だ。

省平の薄くなりかけた頭髪に、木の細かい破片が降り注ぐ。それでも構わずに蹴り続けていると、はめ込み式になっていたスリットのパーツがドアから外れた。

スリットの幅は縦が二十センチほどだった。腕ぐらいなら出せる。

康二郎は、床に這い蹲るような姿勢をとった。肘をトイレ外の床につけ、腕をL字型に曲げる。こうして箪笥をジャッキアップしてやれば、省平が足を抜き取ることができるのではないか。そう信じて腕に出せるだけの力を込めた。

「これで、どうだ」

「助かる。抜けられそうだ」

省平は動き始めた。小柄な体が、電話のある廊下の方へ向かって、じりっじりっと動いていく。

だが、省平の体が十センチも移動しないうちに、康二郎は箪笥を持ち上げる腕から力を抜いた。

「おい、どうしたっ。休憩にはまだ早いよ。ちゃんと支えていてくれ」

「駄目だ……。省平さん、あんたはそこから出るな」

「冗談を言うなって。どうしてだ」

「いいからそのままでいろ。下手に動いたら死ぬかもしれんぞ」

「脅かさないでくれ。そんなわけないだろ。第一、痛くてかなわない」

「つらいだろうが、ここは我慢しなきゃいけない」

「だから、どうしてだよ」

前に息子から教えてもらったところによると、クラッシュ症候群というものがあるらしい。

重い瓦礫（がれき）の下敷きになっていたところを助け出された負傷者が、救出時は元気だったにもかかわらず、その後、急に心臓が止まって死亡してしまうケースがよくあるのだという。胸部や太腿のような筋肉の多い場所が長時間圧迫されれば、押し潰された細胞からカリウムなどの物質が毒性をもって血中に流れ出す。そして圧迫から解放されると、血中の毒性物質が一気に全身に回り、それが原因で死に至るのだそうだ。

省平の体は、大部分が三時間半も重い家具の下敷き状態になっていた。この場合は、下手に抜け出さない方がいい。専門知識を持った救急隊に助けてもらうべきだ。

そのように説明してやると、省平は泣きそうな顔になった。

「なあ省平さん、誰かこの家を訪問する予定はないのかい」

「……ない」

「宅配便、郵便はどうだ。荷物か書留でも届く予定は？」

省平は首を振った。

「民生委員は？　新聞の勧誘は？　ＮＨＫの集金は？」

どれも来る予定はないとのことだった。

「康二郎さん、あんたの方はどうなんだ。ここへ来ることを、誰かに伝えておかなかったのかい」

「息子には教えたよ。だけど友達の家に出かけるとだけしか言ってこなかった。行き先は黙っていた」

「友達ね……。あんたにはそれがいっぱいいるからな」

そう呟いたあと、ははっ、と省平は作り笑いをした。「下手すりゃ、ここで死ぬな、二人とも」

冗談抜きに、そうなるかもしれない。

――いつまでも生きていたいと思わないね。

息子に向かって粋がってみせた、数時間前の自分を思い出すと恥ずかしい。人間、いざとなれば、どんなことをしても助かりたいと思うものだ。いまはそう痛感している。

「……喉が渇いた」

「待ってろ」

手の平をコップ代わりにし、トイレ内の蛇口から水を汲んだ。省平の口元に運ぶときまでに、手に掬った水の半分以上は床にこぼれてしまう。そのため、省平が満足するまで、根気よく同じ動作を繰り返さなければならなかった。

時間が流れた。

耳を澄ませたが、何の音も聞こえなかった。

「省平さんは、いま幾つだっけ」

「七十六。そっちは」

「あんたより一つ上だよ。日本人の男は平均して何歳まで生きる?」

「さあな。八十ぐらいじゃなかったか」

「だったら、四捨五入すりゃあ、どっちも人並みの長さまで、人生を楽しんだってことだ。ここでお陀仏になっても、まあ納得するしかないんじゃないか」

うむ、と頷いたきり省平は黙り込んだ。

また時間だけが過ぎ、窓から差し込む西日も消えてしまった。

しばらくして、思うところがあり、康二郎は口を開いた。「詩でも朗読するか。コンクールが近いんだ。声を整えなくちゃいかんだろ」

省平はゆっくりと目を泳がせた。こちらの言葉が冗談なのか本気なのか分からず、戸惑っているようだ。

「本気さ」

「こんなときに、よくそんなことが言えるな」

「いいからやろう」

「あんたの好きなテニスンか。あれはおれの性に合わん」

「いや、違う詩だよ」

康二郎は諳んじた。

子どもの話に耳を傾けよう
きょう、少し
あなたの子どもが言おうとしていることに耳を傾けよう
きょう、聞いてあげよう、あなたがどんなに忙しくても
さもないと、いつか子どもはあなたの話を聞こうとしなくなる

「……誰の作品だい、それは」

「アメリカかどこかで大学の先生が作った詩らしい。本に載っていたのを最近読んだ」

「耳に痛い言葉だな」

「同感だ」

「分かった。覚えるから、もう一度読み上げてくれ」

「最初は『子どもの話に耳を傾けよう』だ」

言いながら腰を屈(かが)め、康二郎は床に置いたままになっていた棒に手を伸ばした。

4

目が醒(さ)めたのは、腹の上で電話のコール音が鳴ったからだった。

窓際に置いたCDプレイヤーからは「ゴルトベルク変奏曲」が流れ続けている。これを聴いているうちに眠りこけてしまっていた。

いままでにもう何度も、この曲を最後まで聴こうと挑戦してきた。だが、まだ一度も成功していない。いつも途中で睡魔に負けてしまう。もっとも、これはバッハが不眠症に悩む依頼人のために書いた曲なのだから、それも当然なのだが。

あるいは、CDの仕様がいけないのかもしれない。一枚で発売されている商品もあるなかで、自分が所有しているこれは二枚組だ。特にゆっくり演奏された盤なのだろう。一枚ものに買い換えるか。そんなことを考えつつ、首掛けストラップを辿(たど)っていき、携帯の端末を手にした。

《お父さん、おれです》俊治の声だった。《これから行ってもいいですか》

「いいけど、仕事はどうした」

《今日も休みですよ》

昨日は非番で、今日は週休日ということだった。非番と週休日の違いがいまだによく理解できなかったが、そうかと納得したふりをしておいた。

待つほどなく、すぐに俊治がやって来た。

ところで用件は何だろう。アポなしの抜き打ち訪問だった前回とは違い、今回は事前の電話があった。ならば防災用品の点検ではなさそうだが……。

省平の家でトイレに閉じ込められてからちょうど二十四時間が経つ。どうにか消防署に連絡をし、やっと助け出されてからは二十時間ぐらいだ。

健康状態をチェックするために、昨晩は病院のベッドで過ごさなければならなかった。クラッシュ症候群が心配される省平は数日間の入院を強いられることになったが、こちらは今日には退院し、この自宅へ戻ってきた。

あんな経験は二度と御免だから、今朝、病院から帰宅すると、すぐに携帯電話にストラップを通し、首にかけるようにし始めたところだった。

「その後、具合はどうですか」

「問題ない。好調だ」

「本当にできたんですか、あんなこと」

あの状態から、どうやって一一九に電話することができたのか。昨晩のうち、病院に駆けつけてきた俊治にざっと説明はしたのだが、彼はまだどうにも信じられないでいるようだ。

「できたから、こうして生きているんじゃないか。何なら、ここで再現してみせようか。それを見たくて来たんだろ?」

「ええ。お願いします。後学のために」

「じゃあ、ファルセットで声を出してみろ。六九七ヘルツだ」

「そんなことを言われても、お父さんじゃあるまいし、おれには難しいですよ」

「だったら、とりあえずアーと声を出せ。おれが調節してやるから」

　俊治が声を出した。

「――もっと高く。――もっとだ。――高すぎる。――もうちょっと低く。――そう、それが六九七ヘルツだ。覚えておけよ」

　同じ要領で八五二ヘルツも出せるように訓練した。

「これから受話器を上げて、おれが」康二郎は右手の親指を立てた。「こうやって合図を送る。そうしたら、いまの音を出すんだ。最初の音を二回、二番目の音を一回出してみろ。間に一拍挟んでな。アー、アー、アーだ。同時におれは一二〇九ヘルツを三回出す」

「分かりました」

「四ヘルツ以上ずれたら失敗するぞ。注意しろよ」

　何度かリハーサルをやると、うまくいきそうな予感が持てた。おそらくこれでちゃんと一一七――時報の番号になっているはずだ。

　康二郎は俊治を引き連れて居間の隅に行き、そこに置いてあるプッシュホンの受話器を外してから、右手の親指を上げた。

　親子そろって同時に、アーアーアーと声を出すと、受話器からピッピッピッと秒を刻む音が聞こえてきた。

《午後一時五十二分四十秒をお知らせします》

「な、うまくいったろう」

俊治はまだ信じられないという顔をしている。

「いまの連中は携帯しか使わんからな。そんなものがなかった昔は、音に詳しいやつらは、みなこうやって遊んだもんだ」

電話機についているボタンを押さなくても、番号に相当する周波数の音を受話器に聞かせてやれば、プッシュホンをかけることができる。昔はよく知られていたことだが、携帯電話が全盛のいまでは、こんな裏知識も、あまり顧みられることがなくなってしまった。

「いまおれと一緒にやったことを、昨日は省平さんとやったんですね」

「そう。詩を朗読して声の調子を整えてからな」

時報を聞くよりも消防にかける方がやや難しかった。七と九は低群の周波数こそ八五二ヘルツで同じだが、高群は七の一二〇九に対して、九は一四七七だ。

「どんな詩を朗読したんです？　またテニスンですか」

「いいや。別のだよ」

それ以上は説明せずに、康二郎は、丸印をつけておいた防災用品のリストを息子に黙って手渡した。

救済の枷（かせ）

1

油圧スプレッダーの電源スイッチを切ってから、猪俣威昌はキャップの庇をわずかに持ち上げ、束の間、蒸れた頭髪を外気に晒した。

「これで救助ツールの使い方は一通り分かってもらえたと思う。何か質問は？」

地面に広げたブルーシートの上にスプレッダーを置きながら、日本語でそう口にすると、傍らにいるロサーノがスペイン語に翻訳した。

こちらの目の前に腰を下ろしている十五人のコロンビア人のうち、前列の右端にいる女子学生が手を挙げた。

「そこにある器具の値段は、全部でいくらぐらいするんですか」

ブルーシートの上に並んでいるのは、エンジンカッター、削岩機、チェーンソーなどだ。

「日本のお金で、そうだな、七、八十万円というところじゃないかな」

これらの機材は、和佐見（わさみ）市消防本部から、ここコロンビア南西部に位置するM市の消防学校へ、無償で譲渡されたものだ。ただし中古品だから、減価償却した分を考えれば、値段はもっと安くなる。

「仮に七十万円だとすると」猪俣はロサーノの方へ顔を向けた。「コロンビアペソだといくらになりますかね」

語学には強いが暗算は不得手なのか、いまの言葉を学生たちに向かって訳したあと、ロサーノはお手上げのポーズを作ってみせた。いや、それとも頭の切れるこの校長のことだから、わざと計算できないふりをして学生たちの笑いを誘ったのかもしれない。

猪俣は、いま質問した女子学生に顔を戻した。

「きみは、ものを壊すことが得意かな？」

女子学生がスペイン語で何か答えると、周囲からどっと笑いが起きた。

「入隊してまだ二年ですが、すでに備品を三つ壊しました。無線機二個と、工作車のバックミラーを一つです」

ロサーノも、ふき出したいのを堪（こら）えつつ、このスペイン語を日本語に置き換えていく。

猪俣は女子学生に向かって親指を立ててやった。

「だとしたら、たぶん、きみはいい素質を持っている。レスキュー隊員は破壊のプロでなけりゃ務まらないからな」

言って今度は完全にキャップを脱ぎ、額の汗を活動服の袖で拭った。

赤道付近の場所まで自分の方からのこのこやって来て、こんなぼやきを口にするのは筋違いだろうが、とにかく暑くてたまらない。午後三時。太陽は雲に隠れているが、デジタル式の腕時計に付属しているサーモメーターは、現在の気温を三十二度と告げている。これが十一月下旬の気候だというのだから、日本人としてはやはり戸惑ってしまう。

コロンビアのM市は、和佐見市と姉妹都市の提携を結んでいる。その関係で、今年の初め、消防学校の学生たちに、日本のレスキュー技術を伝授してほしいと申し出てきた。たしかに、日本のレスキュー技術は世界でもトップクラスと言われている。

インストラクターとして志願し、こうしてM市に到着してからもう一週間が過ぎようとしているが、慣れない気候のせいで疲労は溜まる一方だった。

「よし、みんな。こっちに注目してくれ」

キャップを被り直し、手を一つ叩いてから、猪俣は目の前にあるスクラップ同然の車を指差した。

先月、実際に交通事故を起こした車両だった。解体場から無償でもらい受け、昨日のうちに消防学校のグラウンドに搬入しておいたものだ。

左側にある運転席が大きくひしゃげている。ボディ全体が前後から圧縮されているため、ドライバーズ・シートと木製のハンドルの距離はわずか三十センチほどだ。その狭い空間の中に、布切れに詰め物をして拵えた人形が押し込んであった。

「事故や災害の衝撃で開かなくなったドアを、資機材でこじ開けたり、どこかに開口部を作るなどする活動が破壊救助だ。いまから実際に、ここにある救助器具を使って車両を壊し、中にいる要救助者を車外に出す訓練をやってもらう。――誰か希望者はいるか？」

学生たちが一斉に手を挙げた。ただ一人を除いては。挙手しなかったその男は、顔を斜め下に向けて我関せずといった態度を見せている。

「バスケス」

敢えて彼の名前を呼んでも、セサル・マルティン・バスケスは、その場から動かなかった。

「すみませんが、校長」猪俣はロサーノへ顔を向けた。「あなたから彼に命令していただけませんか。前に出てくるように、と」

バスケスは欧州系白人と先住民の混血――メスティーソで、歳は三十手前。この学校で救助法を担当する教官だ。本来なら学生たちへの講習は自分の仕事なのだ。だから、わざわざ日本から消防士を呼んだことが面白くない。加えて、「せっかくの機会だから学生たちに混じって講義を受けよ」とロサーノに命じられたことで、現在は著しくプライドを傷つけられた状態にある。

立ち上がりはしたものの、不貞腐れた表情を露ほども隠そうとしないあたりが、南米人気質というものだろうか。そんなバスケスに、猪俣は命じた。

「人形を引っ張り出せ」

車のサンルーフが元々開いていた。怪訝な顔をしながらもバスケスは、そこから人形を引き摺り出した。

代わって、猪俣は自分の下半身をサンルーフから車内に入れた。

「ミスター・イノマタ」バスケスに代わってロサーノが眉根を寄せた。「あなたは何をやろうとしているんです？　その人形は、車を破壊することで取り出すはずではないのですか」

「わたしが要救助者の役をやります。人形の代わりに、わたしをバスケスに救助してもらうんです」

危ないですから人形のままでいいじゃないですか。そう訊ね返してくるかと思ったが、ロサーノは黙って頷いた。この場のインストラクターはあなただ。お任せしますよ。そう無言で伝えてくる。

猪俣は車内に無理やり体を捻じ込ませながら、バスケスに英語で囁いた。

「今日は手を抜くなよ」

ヘルメットを被ろうとしていたバスケスは、その手を止めた。

「……どういう意味です？」

「とぼけるなって。覚えているよな、初日の訓練を」

初めて講習をした日、学生たちの前で、座席懸垂というロープを使った下降法をやって見せた。正確に言えば、バスケスに実演させた。

要救助者役に扮したこちらを、バスケスが背負い、この学校にある七メートルの補助訓練塔の最上階から下降した。ロープの準備から着地までの時間を計ったところ、バスケスのタイムは一分四十五秒。救助法の教官にしてはかなり遅かった。

「本気でやりましたよ」

「だったら今日はもっと張り切ってもらう」

狭いスペースに身を押し込み、完全に人形と入れ替わった。猪俣は一つ深呼吸をした。こんな場所に入り込むと、どうしても拍動が速くなる。

「ようし、バスケス。いまからおれを外に出してもらうが、その前に、さっきおれが教えたことを復唱してみろ」

「……『事故現場を落ち着いて観察し、どの部分が弱いのか、何を使うとどこまで壊れるのかを考えろ』です」

「そうだ。さあ、きみならどこをどう破壊する」

バスケスはまず、こちらの首をコルセットで固定し、体を毛布で覆った。そうしてから、器具を取るためにブルーシートの上に身を屈めた。

「待った」

コルセットのせいで首は動かせない。猪俣は視線だけをバスケスの左手薬指に向けた。

「指輪は取った方がいい」

「無理です。抜けませんので」

「抜けっ」

怒鳴ると、バスケスは指輪を外した。苦労して抜いたように見えたが、それはたぶん演技だ。

人工皮革のグローブを嵌めたバスケスが、まず手にしたのは油圧スプレッダーだった。

「おい、何か忘れてるだろっ。そいつを使う前にやることがあるんじゃないのか」

不要な怪我をさせないため、まずはウインドポンチを使い、要救助者の近くにあるガラスを全て破壊しておくように。先ほど、そう教えたはずだ。

この事故車両には、フロントとリア、そして助手席のウインドウ枠に、半分割れたガラスが残っている。

「さっさとポンチを持てっ」

「……はい」

ウインドポンチはバネの力でガラスに衝撃を与え、窓をきれいに破壊するツールだ。それを使ってフロントと助手席のガラスを粉々に砕き終えてから、バスケスはもう一度改めて油圧スプレッダーを手にした。

最初はドアのヒンジ部分にスプレッダーを入れる隙間を作る必要がある。そのためには、タイヤの上にある鋼板を潰して歪ませなければならない。その作業にバスケスは取り掛かった。

「遅いぞ」

うまくヒンジが出てこない。そのせいで、いつの間にか、バスケスの額に玉の汗が浮いている。

やっと運転席側のドアヒンジが剝き出しになった。さらにスプレッダーを広げていくと、ついにドアが外れた。

バスケスはここでスプレッダーを置き、代わってエンジンカッターを手にした。こちらの体を外に出すには、内側にくの字に折れ曲がっているＡピラーを切断しなければならない。

だからエンジンカッターは使用器具としては正しい選択なのだが、バスケスがその刃をピラーに当てる前に、猪俣は再び怒鳴った。

「待てっ。何をやっている。また忘れているぞ」

「な、何をですか」

ドアを毟り取った跡を指差してやった。

「鋼板を剝がした跡には、即座に怪我防止のカバーを掛けろ。そう前にも言ったろうがっ」

2

帰り支度を整えてからロッカー室を出たところ、廊下を並んで歩くロサーノとバスケスに出くわした。

猪俣はバスケスの表情をさっと観察した。先ほどの訓練ではさんざん彼を絞り上げた。さすがに何か言いたそうな顔をしている。だから口を開けと目で促してやった。

「自殺行為ですよ」

それがバスケスの発した言葉だった。

「こんな国へ、のこのこ日本人が出向いてくる。そんなのは、自殺行為としか言いようがありません。——イノマタさん、この国じゃあ、億万長者のビジネスマンたちは、たいてい、ここに傷があるんです」

バスケスは自分の手首を指差した。

「どうしてだか知ってますか」

「手術の跡だろ」

「そうです。GPSで自分の位置が分かるように、皮膚の下にマイクロチップを埋め込んでいるんです。それぐらい拉致と誘拐が多い。日本と違って、誰かが攫われてもニュースになりません。そんな事件は、毎日のように頻発しているからです。なにしろ、全世界の誘拐事件総数の六割がこの国で起きていると言われているぐらいですから」

そうした事情は当然承知していた。

「金持ちに次いで狙われるのが日本人ですよ。交渉がてこずれば簡単に殺されます。誘拐犯の正体はたいてい反政府ゲリラです。しょっちゅう警察とドンパチをやっているから、ぼろぼろ死んでいきます」

そうなると、囚われている人質も発見されずに餓えて絶命することになる。実際、どこかの廃屋で、鎖に繋がれたままのミイラが見つかることも珍しくないようだ。

「イノマタさん。もしかしてですが、危険な目に遭うつもりで――死ぬつもりで、ここへ来たんじゃありませんか。あなたは本当は自殺するつもりなんじゃないんですか」

「どうしてそう思う」

「思うんじゃありません。分かるんです。日本でも同じでしょうが、この国でも自殺騒ぎに駆り出されるのは消防士だ。死にたがっている人の目をたくさん見てきました。あなたは同じ目をしている」

バスケスはピースサインのように指を二本立て、その先端で自分の目を指し示した。

「だが無理ですよ。あなたに自殺はできない。人を助ける仕事をしている人間は、自分を殺すことはできないんです。本当の消防士なら、どんな目に遭っても、土壇場で自分を助けようとする」

「次の訓練も休まず出てこいよ」

バスケスの肩を一つ叩いてから消防学校の建物を出た。学校から市が用意してくれたアパートまでの帰路には、地下鉄を使っている。地下鉄を降りて改札を抜けると、幅の広い地下道があった。地元の人が「Gストリート」と呼んでいる場所だ。GストリートのGは英語のガーベッジを略したもので、その名のとおり、道の至るところにゴミやガラクタが落ちている。

Gストリートの端まで来た。地上に続く階段が見える。時刻は午後五時少し前。帰宅ラッシュには早い時間帯だから人通りは少ない。

そのとき、階段付近にある柱の裏から、ぬっと巨大な人影が姿を現した。アフリカ系黒人の男で、小山のような体躯（たいく）にアフロヘアの頭をちょこんと載せていた。上下とも、体にぴったりはりついた黒い革の衣類をまとっている。

黒人は視線を合わせたまま大股（おおまた）で近づいてきた。

猪俣は足を止めた。明らかに狙われている。

通路の幅は三メートルほど。左右はタイルが張られた地下道の壁だ。脇をすりぬけて逃げるのは無理だろう。

猪俣は黒人に背を向けた。別の出口を求め、反対方向へ足を速めつつ背後を振り返った。

黒人は距離を一定に保ったままついてくる。

地下道が二つの方向へ分かれている場所に出た。右へ走ってみると、清掃作業員らしき男たちが何人か固まって立っていた。だが、声をかける間もなく彼らの姿はすぐにトイレの中へ消えていってしまった。

そのまま進むと、行く手に別の人影が立っていた。高い鼻に薄い唇。ヨーロッパ系の白人だった。この男もまた黒い革でできた服を着ている。このいでたちからして、先の黒人の仲間であることは間違いない。

猪俣は分岐点まで引き返し、もう一つの道を走った。

案の定、そこにも黒人と白人の一味らしき黒革に身を包んだ人物が待ち構えていた。この男はアフリカ系黒人と欧州系白人との混血――ムラートらしい。

とりあえず分岐点まで引き返した。最初に姿を現した黒人はすぐそこまで来ていた。白人もムラートもこちらの方へ歩いてきている。

大声を出して助けを求めるか。それとも、三人のうち一人を倒して脱出するか。猪俣は迷った。できれば騒ぎを起こしたくない。なるべく静かにこの場から去りたかった。

敵を観察する。

黒人は素手だ。

白人は手に長さ十センチほどの短い棒を持っていた。

ムラートは手ぶらだが、服の懐が不自然な形に膨らんでいる。内ポケットに何やら得物をのんでいると見て間違いなかった。たぶん刃物だろう。

黒人は膂力がありそうだ。まともにぶつかった場合に勝てる確信はない。ムラートは必ず懐の得物を出してくるはずだ。

体格の面から、最も弱そうなのは白人だ。

猪俣はそいつの方へ走った。

二人の距離が十メートルほどになったとき白人は持っていた棒を肩の高さまでもちあげ、地面に向かって振り下ろした。棒の丈が伸び一気に五十センチほどになった。単なる棍棒だと思っていたが、実は金属製の特殊警棒だったようだ。

ふいをつかれたと思ったときには、警棒の先端で肩をしたたかに突かれていた。反動で後方に倒れこんだ。肩を中心に脇腹から首筋にまで激痛があった。

すかさずもう一撃。今度は左膝を狙われた。再び地面のタイルに手をついたところを、背後から黒人の太い腕で羽交い締めにされる。

猪俣は下手に抵抗するのをやめた。一対一ならともかく、この状況では闘っても勝ち目がないことは明白だった。

どこに隠し持っていたのか、ムラートがいつの間にか手にダクトテープを一巻持っていた。それで口を塞がれたあと、最も近い階段から地上に連行された。

Gストリートの真上は公園になっている。そこにはちらほらと人影があったが、こちらに気をとめる者はいなかった。

黒いワゴン車が公園脇の狭い道路に道を塞ぐように停まっていた。

白人が運転席に座る。

ムラートと黒人が車の後部にあるドアを開け、そこに放り込まれた。

黒人がそばに乗り込んできて、腕時計を外された。代わって手首に生じたのは金属の冷たい感触だった。手錠をかけられたのだ。

車が停まったのは五分ほど走ってからだった。

夜になれば繁華街になる場所だ。その一角に建つ、古びたビルの前だった。

手錠を引っ張られるようにしてワゴン車から降ろされる。少しでも暴れる素振りをみせると、白人の金属棒で強く背中を突かれた。

ムラートが鍵を使い、ビルの入口を開けた。ここに連れ込まれることになるらしい。四階建てのビルだ。入口の上部にある外壁が大きく壊れて穴が開いていた。人が一人通れるほどの大きさだった。一階と二階の間にある空間だろう、穴からは黒々とした闇がのぞいている。

普段は使われていない取り壊し寸前の廃屋だとわかった。外壁は蔦に覆われている。電灯は点くようだ。埃のにおいが強い。天井にはところどころ蜘蛛が巣を作っていたが、床などを見ると、簡単な掃除くらいはされているようだった。

ビルの中は単純な構造になっていた。入口を入ると、一直線の廊下が奥まで続いている。その両側に部屋がいくつか並んでいた。廊下の突き当たりにも部屋があるらしい。

男たちは、猪俣を一階廊下の突き当たり付近に位置する部屋へ連れ込んだ。そこは男性用のトイレだった。

黒人が猪俣を奥まで引っ張っていった。

猪俣は冷たいタイル張りの床に転がされた。

黒人がこちらの右手から手錠を外した。彼はもう一つ手錠を持っていた。この第二の手錠は鎖の長さが二メートル近くあった。いま外した手錠の輪に、第二手錠の輪をかける。第二手錠のもう片方の輪は、トイレの壁に設置されているジグザグに折れ曲がった金属の管にかけた。

白人が猪俣の前にしゃがみ込み、体を探ってきた。身分が判明するような物を探しているのだろう。

衣服を調べ終えた白人がムラートに肩をすくめ両手を広げて見せた。

「何も持っていない」

白人と入れ替わるように黒人が前に立った。この大男はいきなり鼻に拳を打ち込んできた。

両方の鼻腔内を血が流れ落ちていくのが分かった。目を斜め下に動かすと、鼻血が下唇から出た血と混じりあうのが見えた。

ムラートに髪の毛を摑まれた。顎を上げると、白人がカメラを構えていた。近い位置で焚かれたフラッシュの眩しさに、たまらず目をつぶった。

三人はトイレから出て行った。最後にムラートだけが振り返り、ドアの陰から「暴れるんじゃねえぞ」としわがれた声で言った。下手な英語だった。「もし逃げたら、どこまでも追っていくからな」

トイレの出入口上部に、監視カメラが一台取り付けてあることに気づいたのは、ドアが閉められ、廊下側から鍵がかけられる音がしたあとだった。

下唇が熱をもって痛んだ。目を閉じて耐える。

しばらくすると、唇の血は乾き、出血は完全に止まったようだった。肩の痛みもだいぶ引いてきている。

左手首を顔の前に持ってきて、手錠を観察してみた。鉄でできているらしい。叩いて強度をたしかめてみた。この手錠を壊して逃げることは難しそうだ。

自分はいま、ジグザグに折れ曲がった動物の腸を思わせる鉄管に、体を凭せ掛けていた。この管は、おそらく暖房のための器具だろう。

この鉄管と手錠の片方の輪は、間の鎖が二メートルほどもあるもう一つの手錠によって結ばれているが、これほど長い鎖がなぜ必要なのか。

その理由にはすぐに見当がついた。便器だ。いまいる位置から二メートルの長さがあれば、鎖をはずすことなく、大便用の便器があるところまで移動し、それを使うことができるのだ。

このトイレには窓がなかった。以前は窓だったと思われる場所には、そこだけ周囲とは色が異なるコンクリートが塗り込められている。窓をつぶすためにあとから施工したものだろう。

照明は天井にある蛍光灯だけだ。男たちは電気を点けたままにして出て行ったため、いまも薄暗い光を放っている。

タイル張りの床には、ところどころに血の跡があった。壁にも汚れがこびりついている。以前にも同じように監禁され、暴行を加えられた人間がいるらしい。

耳をすますと、三人の声が聞こえてきた。会話の内容までは聞き取れないが、このトイレから遠くない部屋に詰めているようだ。

思いは、自然と日本へ飛んだ。

ここ一年間を振り返れば、ずいぶんいろんなことがあった。久々に大規模なマンション火災を体験した。土砂崩れで出場したこともあった。

そして忘れられない事故も起きた。

今年の八月、崖下に転落した乗用車からドライバーを救出するために出場した事案だった。自分が引っ張り上げようとした部下が、崖下へ転落し死亡した。部下のロープの結び方が間違っていたのが原因だったが、上司としてもっと注意を払うことができたのではないかと悔やまれてならない。

——猪俣さんのせいではありません。けっしてご自分を憎まないでください。

死亡した隊員の遺族からは何度もそういわれたが、無理な相談だった。

この国に、死ぬために来たのではないか——そう見破ったバスケスの顔が、しばらく脳裏から消えなかった。

3

毛布に包(くる)まって一晩を越した。

日中はあれだけ暑いくせに、夜になると嘘(うそ)のように冷え込んだ。薄い毛布一枚では、とうてい寒さをしのぎ切れるものではなかった。眠ったのか、震えていたのか判然としないままに時間だけが過ぎていったという感じだった。

目が覚めると、薄く嫌な汗をかいていた。

「立ちな」

しわがれた声で目が覚めた。トイレの入口に三人の男が立っていた。声を出したのはムラートらしい。その隣に立っている白人は、手に木製のトレイを持っている。

時間を知りたかったが、腕時計は黒人に取り上げられたままだ。

「気分はどうだ？」

近づいてきた白人に英語でそう訊(き)かれたが、猪俣は黙っていた。

「舌を出せ」

これも無視したところ、白人はトレイを床に置き、背中に手を回すや例の金属棒を素早く取り出した。

しかたなく舌を出してやった。それを観察したあと、白人はこちらの頬に両手を当て、親指で下の目蓋を捲った。そうして簡単な健康チェックを終えたあと、床に置いてあったトレイを足を使って滑らせてきた。

「朝飯だ」

木製のトレイには、ビニール袋に入った惣菜パンが二つに紙パック入りの野菜ジュース一個が載っている。どれも日本のコンビニで売っているものと、ほとんど変わりがない商品だった。

食欲はないが、何か口に入れなければ体が弱る。猪俣は切れた唇をかばうために、パンをできるだけゆっくりと食べた。

食べたくないときに無理に詰め込んだせいか、いきなり吐き気がこみ上げてきた。我慢できずに、口に入れたばかりのものを半分ほど吐き出すと、すかさず白人の持つ金属棒で頭を小突かれた。

「自分で掃除しろ」

金属棒が、大便器のブースに備えてあるトイレットペーパーを指し示した。

鎖を伸ばしトイレのブースに入り、トイレットペーパーを持ってきた。吐いたものを拭き取り便器へ放り込む作業を繰り返す。拭き終わると、便器にたまった嘔吐物を水で流した。

「食事は日に二度、朝の九時と午後の六時に運んでやるから安心しろ。おかしな真似はするなよ」

金属棒が、今度はドア上部の監視カメラに向いた。

「あれで全部見ているからな」

午後六時の食事も同じメニューだった。ただ、野菜ジュースが牛乳に変わっていた。食欲は戻ってきている。できれば米飯と肉が欲しいものだ。そんなことを考えながら、食べる前にまずはトイレの個室に入った。

何気なく天井を見上げると、そこに穴が開いていることに気づいた。誰かが壊したのか、鼠（ねずみ）がかじったのか、それとも経年劣化でそうなったのか。できた理由は分からないが、直径二十センチほどの大きさで、天井のボードが丸く損壊していることは確かだ。

暖房用の鉄管が打ち込まれている壁は、コンクリートが劣化しているようにも見えた。力のかぎりに鎖を引っ張れば、鉄管が根元から壊れるのではないか。

やってみた。無理だった。

手錠につながれた左手をいろいろな形に変えてみたが、どうしても外すことはできなかった。

4

ここへ連れ込まれてから、どれくらいの時間が経ったのだろうか。

あるときから、食事がまったく運ばれてこなくなった。

空腹に耐えながら思い出されたのは、またしてもバスケスの顔だった。

拉致された日、消防学校を出る直前、彼の口から、たしかこんな言葉を聞いた。「誘拐犯の正体はたいてい反政府ゲリラです。しょっちゅう警察とドンパチをやっているから、ぼろぼろ死んでいきます」と……。

黒人も白人もムラートも、いつの間にか全員が命を落としてしまったのではないか。そう考えるのが妥当だろう。

頰を一つ両手で叩いてから、猪俣は立ち上がった。

床に足を踏ん張ってから、コンクリートが剝き出しになった壁に、左手を強く打ちつけた。

何度かそうしても、皮膚が破れて血が滲んだだけだった。骨には異常がないようだ。

次に左手を床のタイルと直角になるように立て、足で踏んだり、尻で押し潰したりしてみた。何度か試みているうちに、甲の骨に痛みを感じるようになってきた。

猪俣は左手の角度を微妙にかえながら、歯をかみしめ骨を砕いていった。

手錠を通るくらいの細さまで、手を小さくするには、ほんのあとわずか、骨を壊さなければならない。

親指の付け根、筋肉が盛り上がった部分に嚙みついた。気絶しそうなほど痛かったが、他のことを考えながら、顎に力を入れていった。

歯茎に温かいものが触れた。もっと強く嚙むと、やっと肉を引き千切ることができた。

タイトルは忘れたが、たしか、ある映画で似たようなシチュエーションがあったはずだ。悪人に刑事が囚われ、両手に長い鎖のついた手錠を嵌められる。そして刑事は、脱出するために手の骨を砕くのだ。その破砕法というのが、右手の手刀を左手に振り下ろす、というものだったように記憶している。

スクリーンの中では都合よく親指の骨が折れ、刑事はどうにか手錠を外すことに成功していた。これは、実際のところありえない描写だと思っていた。その程度ではろくな打撃力は生じないだろう、と。

だが、こうしてやってみると、案外可能だったことに驚く。

左手が手錠から抜けた。

悪臭を放つ靴下を脱ぎ、血に塗れた左手に巻きつける。そうしてからトイレの個室に入った。

天井の穴。これをもっと広げれば、人が一人通れるくらいにはなりそうだった。

便器の上に立ち、穴の縁に右手をかけ、天井を壊していった。

ぽろぽろと白い屑が落ちてくる。埃の量も多い。大きな綿屑状のものが、天井を壊すたびにぼた雪のごとく舞い落ちてきて、目や鼻、口へ無遠慮に侵入してくる。これでは作業にならない。猪俣は下を向きながら、右手の感覚で適当に見当をつけ、歯を食いしばりながら穴を広げる作業を続けた。

やがて、胴体を通過させられる程度まで直径が広がった。

痺れてほとんど感覚がなくなった左腕も穴の中に突っ込み、天井裏に上半身を乗り入れた。

胸の悪くなるような、饐えた匂いが充満する空間に、分厚く埃の積もった鉄骨が何本か走っている。

こうして簡単に壊れたところを見ると、他の場所の天井ボードも弱い材質で出来ているかもしれない。鉄骨の上を這っていかないと、体重でボードが抜けてしまうだろう。

それより困ったのは照明だ。少し鉄骨の上を進んだだけで、トイレの穴からもれる明かりなど、もう届かなくなった。

ただし、彼方に一点、ごく弱い光があるのが、どうにか視認できた。

この建物に連れ込まれたときに、入口上部の外壁に穴が開いていたのを見た。人が一人通れるほどの大きさだった。ちょうど天井裏の高さについていた。その穴が、繁華街のネオンを少しだけとりこみ、仄かに光っているらしい。

そこから外へ脱出できそうだった。

その脱出口を目指し、左手を庇いながら、鉄骨の上を右手一本の手探りで這い進んだ。かさかさと軽い音を立てているのは鼠だろうか。蜘蛛の巣もやたらに多い。煤や埃が喉に入り込むのが苦しく、口に手を当てながら咳き込む。

脱出口が近くなったとき、不用意に左手を鉄骨にぶつけてしまい、思わず体を大きくのけぞらせた。あまりの痛みに、声を出しそうになる。もしかすると出していたかもしれない。

猪俣はとっさに右手の拳を噛んだ。埃と蜘蛛の糸に塗れたまま、じっと耐える。そして痛みが去ると、また動き始めた。

ビルから脱出したところ、いまの時間帯が早朝だと分かった。

早起きのホームレスが一人、公園の屑籠を漁っている。見ていると、頭から臍まで上半身を全部屑籠の中に入れ、逆立ちの状態で足をばたつかせ始めた。

その様子から一つの事故が思い出された。ゴミ置き場で寝ていた男性が誤って収集車に入れられてしまい大怪我をしたケースだ。実際にアメリカで起こった事故だった。

危ないですよ。そう声をかける気力もなく、口を閉じたままホームレスを右手だけで屑籠から引っ張り出してやった。

屑籠には新聞紙が捨ててあった。おそらく昨日の新聞だろう。十一月二十九日。拉致されてから四日が経っていた。

5

校長室のソファに座った。

怪我のためにやむなく途中で帰国する。その旨を記した書類を何枚か作らなければならない。

日本語とスペイン語、両方で文字の書かれた紙にボールペンを走らせながら、骨折した左手を固めている石膏(せっこう)に、猪俣はときどき右の指を這わせていた。

痛みはないが、定期的に襲ってくる痒(かゆ)みにはずっと悩まされ続けている。

脱出したあと、自分の足で警察に行き、事情を話している最中に疲労で気を失った。意識が戻ったときには病院のベッドにいた。

誘拐などニュースにならないはずだが、さすがに骨を砕いて自力で脱出したケースは珍しく、日本のメディアも含めてマスコミが押しかけてきたのには閉口した。

こうして帰国のための事務手続きをしている最中、実はもう一人の人物がずっと傍らに座っていた。バスケスだった。

「おれに言いたいことや訊きたいことがあるなら――」

猪俣は書類にサインをしつつ、声だけをバスケスの方へ向けた。彼が先ほどから口の周りをむずむずと細かく動かしていることには気づいていた。

「遠慮しなくてもいいぞ」

「別に遠慮なんてしていませんよ」

「いいから言ってみろよ」

「ちょっと思っただけです。──救助隊員は破壊が得意でなければならないのは分かりますが、何も自分の手まで壊さなくてもいいだろうに、ってね」

やはり言いたいことを肚に溜めていたらしい。待ってましたとばかりに、バスケスは早口で言葉を吐き出した。

「普通なら手の骨を砕くよりも先に、手錠が壊れるかどうかを試すと思うんです。だから手よりもまず手錠をあちこちにぶつけるでしょう。ところが、知り合いの警察官から聞いたんですが、手錠にはほとんど傷がついていなかったそうですね。それはなぜかという疑問なんです」

このとき、校長用の大きなデスク越しにロサーノが、

「ミスター・イノマタ。これはあなたにとって必要でしょう。記念に持ち帰ったらどうですか」

そう言いながら抽斗を開けた。そこから取り出したものは、数日前に発行された新聞だった。「反政府軍ゲリラが警察と銃撃戦」の見出しと一緒に、銃弾を浴びて死亡したゲリラの写真が出ている。その中には自分を誘拐した三人の顔もあった。

「この三人は日本人を拉致し、日本政府に三十億コロンビアペソの身代金を要求してい

た」といったことが書いてあるようだが、何しろスペイン語だ。それ以上詳しいことは理解できない。とりあえず、記事の載った新聞は記念にもらっておくことにした。

「ところでミスター・イノマタ、いまのあなたは、要救助者の役ぐらいならできそうですか？」

「ええ。たぶん」

左手の石膏を右手でしっかり摑んでいれば、誰かの背中にしがみついている程度のことは可能だ。

「では、それがあなたの最後の仕事です」ロサーノは立ち上がった。「さあ、行きましょう」

三人で向かった先は補助訓練塔の最上階だった。

「バスケスくん、最後にもう一度、ミスター・イノマタを背負って座席懸垂をやってみなさい。タイムを計りますから気を抜かないように」

ロサーノの意図はよく分からないが、いまの言葉を受け、猪俣は屋上の床に仰向け（あおむ）の姿勢で横になった。

バスケスが位置につくと、ロサーノがストップウォッチを作動させた。

「座席結び設定、バレ！」

「懸垂線設定、バレ！」

「カラビナ確認、バレ！」

「安全環確認、バレ！」

「ロープ流れ、バレ！」

次の動作に移るごとに、バスケスはその名称を口にしていった。

日本では、特別救助隊の隊員は、災害現場でも訓練中でも、ひたすら大きな声を出している。バスケスたちにも、そうするように教えた。「VALE（バレ）」はスペイン語でOKの意味らしい。日本流なら、「バレ」の部分は「よしっ」と置き換わる。

準備ができたバスケスに、猪俣は背負われた。

「懸垂線、バレ！」

「降下地点、バレ！」

「脱出、バレ！」

「カラビナ、バレ！」

「安全環、バレ！」

「降下、バレ！」

左手にこれだけの怪我を負っていても、バスケスの背中に乗って降下している間、何かしらの不安を感じることは微塵もなかった。

「ブレーキ、バレ！」

「到着、バレ！」

「懸垂線解除、バレ！」

「カラビナ解除、バレ！」

「懸垂線、バレ！」

「降下完了、バレ！」

バスケスが着地したのとほぼ同じタイミングで、ロサーノも地上へ降りてきて、こちらに向かってストップウォッチを掲げてみせた。

そこに表示されているタイムは【一分二十五秒】。前回に比べて二十秒も短縮されている。

「きみの下降が、どうして前より速くなったか分かるかな？　バスケスくん」ロサーノは、ストップウォッチの表面をハンカチで磨きながら言った。「それはな、この前の車を使った訓練で、きみが苦労してミスター・イノマタを助けたからだ」

「……救助した相手は憎むことができない。たとえ訓練でも――という理屈ですか」

「コレクト（正解）。しかも救助に苦労がともなえばともなうほど、そうなる」

バスケスは指を顎に当てた。そうして考え込む素振りをしばらく見せてから、「なるほど」と呟き、すっかり合点した顔をこちらに向けた。

「ミスター・イノマタ。もしかしたら、監禁場所から脱出するとき、あなたはこう考えたのではないですか。『できるだけ苦労して自分を助ければ、自分を憎まなくてすむようになる』と。だから手錠ではなく、手の骨を砕いた」

その言葉には何も答えず、猪俣はロープの片付けに取り掛かった。

フェイス・コントロール

フェイス・コントロール

1

大杉洋成（おおすぎひろなり）くん。……いや、堅苦しい呼び方はやめておこう。

大杉。

こんにちは。土屋（つちや）だよ。土屋崇文（たかふみ）だ。

ぼくはこの手紙を声に出して読むことにする。

そして悲しい顔ではなく、笑顔で声を出すことにする。

そう。いまぼくは笑っている。きみなら……。きみ、か。この言い方も他人行儀だな。

おまえなら、それをきっと許してくれるだろう。

これまで本当にお世話になった。おまえと初めて会ったのは、採用試験のときだったよな。

試験会場にいたおまえの目には、こっちのことは大勢いる受験生の一人としか映らなかったことだろう。けれど、ぼくにとっては、おまえは最初から特別な存在だった。

当然だ。高校時代は相撲部の主将だったというおまえは、体重百キロ超の体格だ。他の連中と比べて存在感が抜きん出ていたからな。

消防学校の同期で、漆間分署に配属されたのは、おまえとぼくだけだった。以来、今日まで十年。互いに何度か異動であちこちの署やら所やらでいろんな仕事をしてきたけれど、また漆間分署の消防係で一緒になったのだから、何かの縁でしっかり繋がっているのだろうと思う。

大杉。ぼくたちは多くの先輩方から教えを受けてきた。どの先輩も厳しかった。耳元で拡声器越しに怒鳴られ、二人して一時的な難聴になったことなんかは、まあ、いまにしてみればいい思い出だ。正直、あのときは悔しくて涙をこらえきれなかったけれどね。

一方が隠れて泣いていると、それを見つけたもう一方がもらい泣きする、なんてこともあったっけ。振り返ってみると赤面ものだけれど、当時は互いに真剣だったよな……。

いろんな思い出が、昨日あったばかりのことみたいに、はっきりとよみがえってくるよ。しかし妙だ。楽しいこともあったはずなのに、記憶に残っているのは苦しかったことばかりというのはなぜなんだろうな。

それはそうと、先輩方の中では、誰が一番印象に残っている？

ぼくに言わせれば、やっぱり栂本さんだ。おまえも同じじゃないかな。

いま、手元に一枚の写真がある。栂本さんが指揮した現場の写真だ。隊員たちはみんないい顔をしている。煤（すす）で真っ黒になりながらもね。若い連中は、みな梅本さんを慕（した）っているのが分かる。

梅本さんに鍛えられた連中は、全員、優秀な消防士になっている。

だけど例外が一人、ここにいるな。

ぼくは最近になっても、まだ梅本さんにずいぶん怒られているよ。あの人は、ぼくのある部分が気に入らないんだな。

大杉、梅本さんにとって、ぼくの何が気に入らないか分かるか？

よかったら当ててみろよ。

筒先の構え方？　ロープの結び方？　鳶口（とびぐち）の使い方？

ブー。どれも外れだ。

――「救助者にとって一番大事なものは何だ。言ってみろ」

梅本さんは、よくぼくらにそう問い掛けをしたよな。もちろん覚えているだろ、その答えを。

そう、顔だ。

梅本さんが気に入らないのは、ぼくの顔なんだよ。

これがおふざけや冗談じゃないってことは、一緒に梅本さんの訓練を受けたおまえが一番よく分かるよな。

例えば、チロリアン・スタイルでロープを七、八十メートル渡る。そういうしんどい訓練をやらされたとするだろ。そんなときは、どうしたって自然と表情が険しくなってしまう。すると、すかさず梅本さんから怒声が飛んできたよな。

――「おまえはこれから何をしにいくんだっ」てね。

「人を助けに行きます」

そう答えると、こう返ってくる。

――「分かってるなら、笑えっ」

な、覚えているだろ。

――「笑って、もっと自信のあるところをみせろっ」

それが梅本さんの口癖だった。いや、待てよ。だったというのは変だな。いまもそうなんだから。

とにかく大杉、おまえは梅本さんの教えをよく守っていたよな。

訓練のときも、実際に現場に出たときも、要救助者と向き合ったときは、決まってにっこりと歯を見せていた。その意味でおまえは梅本さんの一番弟子を名乗る資格があると思うよ。

そうそう、何かの本で読んだんだけれど、サッカーの審判なんかは、フェイス・コントロールという技術を使うらしいね。ファウルを取られて怒りのあまり興奮している選手を従わせるには、能面みたいな顔をしていては駄目で、苦笑いをしたり、一緒に不運を嘆(なげ)いてやったりといった、人間味のある表情を見せることがコツらしい。

ぼくら消防士もそれと一緒なんだね。とても笑えない状況で破顔するというのは、実はなかなかできないことだ。けれど、要救助者にしてみれば、救助者が苦しそうな表情を浮かべていたりしたら、とても安心して身を任せることはできない。

だから救助者は顔が大事。笑顔でいるのが基本だ。

そのことを栂本さんも、おまえも、よく理解していた。

分かっていないのはぼくだよ。

少し前から今日まで、ぼくはまったく笑えなくなっていた。

なぜだと思う。それには二つの理由がある。

一つは、そう、渡貫さんのせいだ。あの人が総務の課長になってから、ぼくはこの仕事が嫌いになってしまった。正確に言うと、分署に出勤するのが嫌になってしまった。

だって、ぼくが書類を作って持っていくと、渡貫さんはちらりと見ただけで、必ず「やり直し」と突き返してくるんだからね。内容が間違っているのではなく、字が曲がっているという些細な理由で。

それに対して正当に抗議をすれば、机を叩いて大声で怒鳴るし。

「上司に逆らうやつは消防にはいらんぞ」

それで済めばいい方で、たいていは数十分にわたって暴言を浴びせられることになる。

要するに、パワハラを受けていたわけだ。渡貫さんのターゲットはなぜかぼくだけ。

まさに集中攻撃だった。もちろんおまえも、ぼくが渡貫さんから虐められている場面を、何度か目にしているよな。

渡貫さんが分署に来てからというもの、朝は吐き気がするし、夜は眠れない。心臓が急にどきどきし始めることも増えた。まったく生きた心地がしないんだ。実を言うと、駅のホームに立っていて電車が来たとき、ここで飛び込んだら楽になるだろうな、と考えたことがあった。

あの人のパワハラ体質は、いまに始まったことじゃないそうだね。行く先々で問題を起こしていたらしい。だけど市長の親戚だという理由で、誰もまともに注意できないでいる。

渡貫さんのせいで退職していった職員は何人もいるし、中には、本当に自殺にまで追い込まれた人もいる。それはおまえも知っているだろう。

彼が退職するまであと五年ある。その間に次の犠牲者が出ることは十分に考えられるな。いや、これは過去形でいいのか。考えられた、で。

もう一つの理由はな、大杉、他ならぬおまえだよ。

――「八月末日付けで、退職することにした」

想像できるか？　その言葉をおまえの口から聞いたときのぼくが、どんなにショックを受けたかを。

おまえのお兄さんが突然の病気で亡くなり、家業の継ぎ手がおまえしかいなくなった。そういう事情は分からないでもないが、親友の身にもなってくれよ。いくらなんでも寂し過ぎるじゃないか。

長年同期として一緒にやってきたおまえが、途中で消防を去ることになるなんて、考えてもみなかった。

いまから二十数年後、定年の日、二人で白髪頭を並べて、退官式に出る。それが終わったら、ちょっとヨタヨタした足取りで役所を後にし、その辺の飲み屋へ一杯ひっかけに行く。いつの頃からか、そんなシーンをぼんやり思い浮かべていたぐらいだから、おまえの言葉がとても信じられなかった。

だから退職準備のためにおまえが出勤しなくなってからというもの、仕事にますます張り合いがなくなってしまった。

そんなわけで、ここ最近のぼくは、笑うという行為がいっさいできなくなっていたんだ。

そうしているうちに、運命のあの日、八月三十日が訪れたってわけだ。

2

あの日も、大杉、退職までの間、残った年休を使うことが許されていたおまえは、分署には顔を見せなかったよな。

だけど、非公式の仕事には、運悪くかり出されていた。

八月三十日は、渡貫さんも仕事を休んでいた。奥さんに先立たれ、家族は大学生の息子が一人だけという渡貫さんは、マンションから一戸建てへ引っ越すことにしたんだよな。

聞くところによると、渡貫さんの部屋は四階なのに、ベランダに避難梯子が設置されていなかったそうじゃないか。それって法令違反じゃなかったか？

ともかく、彼はその点が前から気になっていた。そこにきて、最近の検査で、三階の火災報知器が故障したままになっていたことも判明した。そこでこの物件は碌なもんじゃないと見切りをつけ、引き払うことにしたんだよな。

その引っ越しにあたり、おまえが手伝いに呼ばれたわけだ。おまえなら一人で二人分、三人分のパワーがあるから、安く使える労働力として目をつけられてしまったんだな。

分署の警報が鳴り、出場の命令が下ったのは、まさに、おまえが渡貫さんのマンションで引っ越しの手伝いをさせられている最中、午後一時過ぎだった。

そのときの様子を、その場にはいなかったおまえにも分かるように、ちょっと詳しく教えておこうか。

これを聞いて、少しでも現役時代を思い出してくれ。

こんなふうだった。

《和佐見市出火報。N町五丁目四番三号。「第二昭栄マンション」。三階より出火》

そのアナウンスが流れ始めた直後、梱本さんは椅子を蹴って事務室から飛び出した。

もちろん、ぼくたち他の隊員も、遅れまいと背中を追った。

　梅本さん率いる第一小隊は、大杉、おまえが抜けたあと人員の補充がまだなされていなかった。だから五名での編成だった。

　五人がほぼ一斉に、梯子車の前に整列した。

「準備はいいな？　行くぞ」

　梅本さんは車内を振り返り、防火服を着用して乗り込んだ。

　車両の前進とともに、梅本さんがサイレンのスイッチを入れ、機関員が梯子車を発進させる。すでに赤色灯(せきしょくとう)は回っていた。

「消防車、右に出場します。お待ちください」

　一番員がアナウンスすると、車庫前では、一般車両が止まって道を譲ってくれた。

　八十キロの最高速度で緊急走行を開始。

　しばらく行くと、目の前の交差点が赤信号で減速。一時停止し、

「右よーし、左よーし」

　左右の車両が停止しているのを確かめてから進入。

　……どうだ、だんだん血が騒いできただろ。な？　続けるぞ。

　交差点を抜けたとき、無線機が着信音を鳴らした。

《和佐見消防から各局。漆間小隊1が現場指揮に当たれ。以上、和佐見消防。漆間小隊

どうぞ》

「受信了解。漆間小隊1、現着後、ただちに現場指揮に当たります」

このとき梅本さんは、珍しく無線のマイクをフックに戻し損ねた。そのせいで、自分が硬くなっているのを感じたようだった。一つ息を深めに吐いてから、隊員たちに向かって告げた。

「救助指定隊はおれたちだ。現場到着後、すぐに要救助者の火点検索に入る。いいな」

「よしっ」

「あの、もしかして、N町の『第二昭栄マンション』というのは、渡貫さんのいるところじゃありませんか」

そう言ったのは、ぼくだった。

これに対して、みんな黙っていた。そんなことにはとっくに気づいている様子だった。

すぐに梅本さんの叱声が飛んできた。梅本さんが何を言いたいのかは、その口調だけ

「土屋っ」

で分かった。

救助活動に私情は禁物。そのマンションに誰が住んでいようが、等しく要救助者であり、それ以上でも以下でもない、ということだ。

だけどぼくは気が気でなかったんだよ。渡貫さんのマンションには、あの日のあの時間、大杉、おまえが行っていたはずなんだからな――。

……続けよう。

指令番地に近づいてきたところで、マンションのある方角に黒煙が見えてきた。

「途上で煙を確認。延焼中の模様」

本部に一報を入れる栂本さんの声が、いよいよ厳しくなってきた。

「火点は三階。三〇七号室。すぐに着梯作業に当たれ。並行して二十メートルロープを三本と鳶口、サーチライトを準備。それから土屋、おまえはバスケットに乗って四階の救助に向かえ」

「よしっ」

現場に到着すると、テレビ局や新聞社の車が先に来ていた。

梯子車を止めてすぐ、

「ちょっとあなた、困ります」

そんな大声がした。そちらの方へ首を向けると、野次馬の整理に当たっていた警察官と二十歳ぐらいの男が揉み合っていた。

「あの中におれの親父がいるんだ、入れてくれっ」

「危険ですから離れてくださいっ」

「放せっ」

短髪でサファリジャケットを着たその男は、警察官の手を振り解き、規制線の内側に入って来た。

「親父、おれだ。トオルだっ」

男を追いかけてきた警察官に、梅本さんは言った。

「いいんです。その人を入れてやってください」

そう声をかけても、サファリジャケットを着たトオルなる男は、マンションの方に気を取られて、こちらの方を見向きもしない。

彼の発した言葉から、父親が炎上中の建物内にいることが窺い知れた。そういう事情なら、パニックを起こして周りが見えなくなるのも無理はない。

「親父！　大丈夫か、無事なのか！」

警察官が引き下がると、トオルは初めてこちらの方へ顔を向けた。その顔は渡貫さんによく似ていたから、彼の一人息子に違いなかった。

「消防士さんっ。お願いです。親父があの中にいるんです。親父も消防署に勤めているんです」

「分かっています。すぐに救助に当たりますから、落ち着いてください」

——とまあ、出場の様子はこんな具合だった。

不思議なものだよ。ぼくは記憶力があまりよくなくて、そのせいで高校の受験勉強も、消防の採用試験も、かなり苦労したんだ。でも、あの日の出場は、こんな具合に細かくしっかり頭に刻み込まれているんだからね。

とにかく、ぼくは梅本さんの指示を受け、梯子車のバスケットに乗り込んだ。

地上から見上げると、建物の四階、四〇七号室のバルコニーに、見覚えのある顔をした、力士のような体格のいい男の姿があった。それを見つけたとき、そして、そいつが黒煙に巻かれながらも生きていると分かったとき、ぼくは心底ほっとした。

ちょっとイライラしたのは、梯子車のバスケットが四〇七号室のバルコニーに近づいていったときだ。

最初は、建物の壁体(へきたい)から離れたところで、架梯(かてい)目標より少し高い位置までバスケットを上げるのが普通だろ。それから徐々に下ろしながら要救助者に接近していくよな。恐怖にかられた要救助者が、慌ててバスケットに飛び込んでくる恐れがある。だからぼくらは、一直線に架梯目標へバスケットを接近させるようなことはしない。

その過程がまどろっこしくてしょうがなかったんだ。それだけ早く、ぼくはおまえを助けたかった。

手や頰(ほお)に煤をつけながら、そして激しく咳(せ)き込みながらも笑(え)みを浮かべているおまえをバスケットに乗せ、ぼくは訊いたよな。

「渡貫さんは？」

大杉、おまえはここで目を伏せて、弱く首を振ったね。

3

現場から、渡貫さんの遺体が発見されたのは、それから間もなくのことだった。一酸化炭素中毒死。それが司法解剖の結果だった。

大杉、おまえはこう証言したそうだな。

「引っ越し作業を始めようとしたところ、ベルが鳴り響いたので火災が起きたのだと分かりました。後で知ったことですが、三階から上がってきた煙を感知して、四階の火災報知器が鳴ったのでした。三階の報知器は故障のために作動しませんでした。ですから、そのときにはもう四階全体も煙に包まれていて、逃げられない状態でした。

わたしと渡貫さんは空気を求めて、ベランダに出ました。ところが真下にある三〇七号室から火がごうごうと出ていました。そこが火元になった部屋だったのです。炎の輻射が激しく、ベランダはすでに灼熱の状態でした。鎮火するまで、とてもいられたものではありませんでした。

こうなった以上、室内に引っ込んでいる方がまだ安全でした。幸い、引っ越し作業の最中でしたから、部屋の中には、ゴミ用として使う百リットルのポリ袋が何枚かありました。それを頭から被って、救助を待つ。それが最善の策だと判断したのです。

このとき、わたしは渡貫さんをクローゼットの中に入れました。

なぜそうしたのか。

火災に慣れているわたしは、ポリ袋を被った状態で、浅くゆっくりと呼吸ができます。

しかし、事務職員で現場経験のない渡貫さんはパニックを起こしていて、息がかなり荒かったのです。ですから、百リットル程度の袋では、すぐに苦しくなるだろうことは目に見えていました。

ゴミ袋に新しい空気を補充したくても、周囲は煙に包まれていて無理です。現場に慣れているわたしは、とっさにそこまで計算することができました。

そこで渡貫さんを、まだいくらか新鮮な空気が残っているクローゼットに入れることにしたのです。自分は死んでも、渡貫さんはぎりぎり助かるかもしれない、そう判断してのことです。

できるだけ煙が侵入しないように、クローゼットの扉の隙間（すきま）に、濡らしたタオルを詰めることもやりました。

ところが煙の侵入は予想以上に早く、濃度も高かったため、結局、渡貫さんを助けることができませんでした……」

ところで、大杉。

今日九月三日の午前中、ぼくは栂本さんに呼ばれたんだ。

現場にマスコミのクルーがいたのを覚えているだろう。いまどきはスマホやらＳＮＳやらのせいで、情報の伝わり方がやたらに早いよな。あの現場でも、ぼくたちが到着する前から連中が先に来ていて、もうカメラを回していた。

梅本さんは、自分の机に置いたノートパソコンで、あの火災を報じたニュース番組の録画映像を何度も見ていた。

画面の中で、梯子車のバスケットが接近していく。それに乗ったぼくが、訓練時の癖で、片手を高い位置に上げ、この手を見てください、というように、おまえに向けて振っている。要救助者の目線を下に向けさせないための配慮だ。

だが、いまにして思えば、消防士であるおまえにそんな気遣いは無用だったね。

いくら煙を吸っていてフラフラする状態になっていようと、体が覚えているもんだな、おまえは、ぼくが伸ばした手にさっさとつかまり、ベランダの手すりに足をかけ、ひょいとバスケットに軽々と乗り移ったよな。

そんな映像に、ぼくも梅本さんの斜め後ろから、じっと目を注いでいた。

やがて梅本さんは立ち上がった。

「ついて来い」

梅本さんが向かった先は、訓練に使う模擬家屋の中だった。

ほら、ワンルームマンションのリビングを模した部屋だよ。八畳ほどのフローリングの部屋があり、一方の壁には、観音開き式のクローゼットが設けてあるよな。ちょうど「第二昭栄マンション」の間取りと同じだ。

「土屋、想像してみろ。いまおまえは、期せずして火事に巻き込まれた、と」

そう梅本さんに言われたので、ぼくは目を閉じた。

何度体験しても、火災の現場は無慈悲としか言いようがない。煙に熱。どちらも人間の体は本能的に忌避するものだ。その二つがタッグを組んで襲い掛かってくるんだから、この世の地獄と表現しても言い過ぎじゃない。

雨雲みたいにどんよりと部屋の天井を覆っている煙は、いったん外からの放水でかき混ぜられると一気に拡散し、周囲は一転して暗くなる。そこに水蒸気も加わって、ますます闇は深くなる。味方であるはずの水さえ、視界を奪う敵になるんだから、火災現場ほど底意地の悪い場所は他にないよな。

「どうして渡貫さんは死んだと思う？」

梅本さんの問いに、ぼくはすぐには答えられなかった。彼の真意を量りかねたからだ。

「……それについては大杉が証言しているはずですが」

「質問を変える。大杉は渡貫さんを助けようとした――おまえは本当にそう思うか」

この問いに対して、ぼくができたのは瞬きを繰り返すことだけだった。

「おまえが渡貫さんで、おれが大杉だとしよう」

そう言うなり、梅本さんは、ぼくの腕を摑んだ。

ぼくは彼の手でクローゼットの中に押し込まれた。扉が閉められる。暗闇に包まれた。

扉と扉の隙間から、わずかな光が入ってくるだけだ。

観音開き式。渡貫さんの部屋にあるクローゼットもこの形だった。

「そっちから開けられるか？」

　梅本さんが訊いてくるので、暗闇の中で扉を探ってみたが、内側には把手がないのだと気づいた。

　こうなったら押してみるしかない。

　体を押し付けて体重を預けてみたが、ぼくよりも大柄な梅本さんが、外側から体を扉に凭せ掛けるようにしているらしく、少ししか押し戻せなかった。

「無理です」

「おれが大杉だったらどうだ」

「……もっと無理だと思います」

　おまえの方が梅本さんよりも、さらに上背も体重もあるからね。

　向こう側から扉にかけられていた力が、すっと消えたのが分かった。梅本さんが移動したようだった。

　ぼくは扉を内側から押し開けてクローゼットの外に出た。

「つまり、こうおっしゃりたいんですか」ぼくは思い切って口にした。「渡貫さんが被ったポリ袋の酸素はいずれ尽きるし、濡れタオルを隙間に詰めても、どうしたって煙はクローゼットの中に入っていく。それを承知のうえで、大杉は自分の体で扉を塞いだ、と」

　梅本さんは頷いた。

「つまり、こうおっしゃりたいんですか」ぼくは繰り返した。「渡貫さんが呼吸できなくなるのを分かっていながら、大杉は自分の意志で彼を外に出さなかった、と」

「そういうことだ」

大杉。

もしおまえが本当に、渡貫さんをクローゼットに閉じ込めたのだとしたら、やむなくそうしたのだろう。下手に外へ出すと、パニックを起こしている彼は、おまえが頭に被っているポリ袋を奪おうとしたかもしれない。そうなったら共倒れだ。おまえは自分の身を守る必要性も考えに入れて、しかたなく扉を塞いだのではないのか。

ぼくはそう解釈したかった。

だが梅本さんは……。

ぼくたちの尊敬する先輩は、火災が起きたのを利用して、おまえが渡貫さんを意図的に死なせた——そう言っているのだった。はっきりと。

「どうしてですか。何を根拠にすれば、そのような結論が出てくるんですか」

「おまえも見ただろう」

「何をです？」

「あの映像だ」

「見ました」

だが、映像のどこに梅本説を裏付ける手掛かりがあったというのか？

ぼくの内心の困惑を見透かしたように、やれやれといった様子で息を一つついてから、梅本さんは言った。

「顔だよ」

その一言で、ぼくもすべてを理解した。

さっき見たニュース番組の録画映像。あの映像の中で、ぼくは笑っていなかった。あれほど梅本さんから口うるさく言われていたのに、やっぱり「救助者の顔」ができていなかった。

一方の大杉は、おまえは——笑っていた。

あれは救助者の顔だった。

ぼくが梯子車のバスケットに乗っておまえを救助に行った場面。誰の目にも、ぼくが救助者で、おまえが要救助者だったシーン。

あの場面は、梅本さんの目にだけは、正反対の構図として映っていたんだ。

そう。ぼくが要救助者で、おまえが救助者だったわけだ。

渡貫さんに苦しめられていたぼくを、おまえが助けようとした。そういう構図だったんだよ。

大杉。

梅本さんにそう言われても、まだぼくは信じられなかった。信じたくなかった。

ぼくを助けようとする心情は嬉しいが、消防士であるおまえが、人を殺めるような真似をするなんて、とても受け入れられることではなかった。

だが、おまえが昨日の晩、首吊り自殺を図って、しかし死にきれず、こうして病院のベッドにあるということは、たぶん梅本さんの推理が正しいのだろう。

渡貫さんのような人にも家族はいた。息子のトオルくんは葬儀で泣いていた。式の最初から最後まで涙を流しっぱなしだった彼の姿を、大杉、おまえも静かに眺めていたね。

自分の為(な)した行ないのせいで、あんなに悲しんでいる人がいる——トオルくんの涙を見たおまえは、何らかの形で責任を取らないではいられなかったのだろう。

おまえの枕元に、いま一枚の色紙がある。

すでに退職した身とはいえ、漆間分署のみんながこうして寄せ書きを書いてくれている。

だけど、おまえとぼくの間には「祈・ご本復」の一行だけでは、とても語りつくせない関係と歴史がある。だからこうして手紙を書いた。

医師が言うには、親しい人の声を耳のそばで聞かせてあげるだけでも、回復の効果があるそうだ。

だからぼくはこの手紙を声に出して読み上げた。

笑顔でな。

本当に力になれるかどうか分からないが、今度こそ本当に、ぼくがおまえを何とかして救助する番だから。

逆縁（ぎゃくえん）の午後

1

「本日はご足労を、ありがとうございます」

市街地に建つホテルの二階。「光輪(こうりん)の間」の入口で、来場者の一人一人に頭を下げながら、会の主催者であるわたしは、自分の前にできている黒い服の行列にざっと目を走らせた。

いま挨拶(あいさつ)を交わした相手は、わたしと同期で本部勤めの消防司令だった。その後ろにいる二人の男は、東部(とうぶ)分署の消防士長と消防士。彼らはたしか、勇輝(ゆうき)と同じ高校を出ていたはずだ。そのまた後ろにいる中年の女性は、北部(ほくぶ)分署の総務課職員で、わたしの古い知り合い……。

今日の会への出欠を伺う招待状は、百人ほどに出した。そのうち「出」に丸がついて返ってきた葉書は半分に満たなかった。招待者のほとんどは消防の関係者だ。開催日が土曜日の昼間とはいえ、休みとはかぎらないから仕方がない。また、事故も災害も時間を選ばず起きる以上、ほんの二時間程度でも職場を抜け出すことがままならないことは、わたし自身も消防官なのだから、分かりすぎるほど分かっている。

腕時計に目をやった。開会の時間が三分後に迫っていたから、出迎えの仕事はもう切り上げ、こちらも会場の中に入ろうとした。そこへ駆け足でやってきた男がいた。見知った顔だ。わたしの同期、今垣睦生（いまがきちかお）だった。

「吉国（よしくに）」

今垣は、わたしの名字を口にしたきり、あとは黙って頭を下げてきた。

「ありがとう。よく来てくれた」

今垣とは幼馴染（おさななじみ）の仲だ。小学校の三、四年生のときはクラスが同じだった。家も近いため、登下校のときはたいてい一緒で、田んぼの中を通る石ころだらけの一本道を、ランドセルをぶんぶん揺らしながら競走して帰ったものだ。よく、道の両端に自生しているチカラシバを引っこ抜いて遊んだ。穂を束にして摑（つか）んだときの、少しちくりとする感覚が手の平によみがえり、わたしは束の間、妙に幸せな気分に包まれた。

「ご家族は元気か、今垣」

ちょうど十年前、職員研修会でわたしと顔を合わせた直後、今垣は河原で自殺企図の女性を助けた。その後、彼女と籍を入れ、二人の間には女の子が産まれた。たしかいま七歳になるはずだ。

「女房と娘なら、最近同じ俳優のファンになって、毎晩テレビの前で騒いでるよ」

「本当か」

「ああ。異性の好みってやつは、親子で似るもんらしいぞ」

女の子はやっぱり早熟だなと思う。自分の子は男である勇輝が一人だけだから、そういう話を聞かされても、いま一つ実感が湧かない。

会場入口のドアをくぐりながら、今垣とそんな短い言葉を交わしたあと、壁際の通路を足早に前方へと歩き、主催者の席に着いた。

わたしは、人前に出る機会にはあまり慣れていなかった。五十人近くいる参会者を前にしたいま、緊張のせいで、鼓動はだいぶ速くなっている。自分では落ち着いた表情を作っているつもりだが、鏡を覗けば、たぶん頬のあたりは岩肌のように強張っているはずだ。

努めて深く呼吸をしながら、わたしは勇輝の方を見やった。今日の主役である息子は、こんなあがり性ぎみの父親とは反対に、顔一面に余裕の笑みを湛えている。

午後二時。開始の時刻になると、会場の隅に設けられた司会者用の演台の前に、消防官にしては線の細い男が進み出た。今日の司会役を自ら買って出てくれた勇輝の先輩、土屋はまず、息子に向かって一礼した。

「しっかりな」か「頼んだぞ」か。もちろん実際に声など聞こえはしなかったが、祭壇の中央で色とりどりの花に囲まれた勇輝の遺影が、友人に向かって何事かを答えたような気がした。

　土屋は、次に参会者に向かって辞儀をし、そしてマイクに顔を寄せた。

「それでは定刻になりましたので、ただいまより『吉国勇輝さんとのお別れの会』を始めたいと思います。まず、故人の生前の姿を、ご尊父、吉国智嗣さまのコメントを加えつつスライド写真で上映いたします。それではお父さま、お願いいたします」

　これ以上緊張しないように、わたしはわざとゆっくり椅子から腰を浮かせた。土屋に、「ありがとう」と小声を送りつつ、祭壇の前に置かれたスタンドマイクの前に立つ。

「お集まりのみなさま、本日はご出席くださいまして、改めて感謝を申し上げます。わたしは湿っぽい場というものが嫌いです。そこは父親に似て、息子も同じでした。ですから本日の会は、できるだけカラリと明るい調子で進めていきたいと思います。みなさんも、わたしが何か冗談の一つでも口にしたときには、どうぞご遠慮なく大きなお声でお笑いください。不謹慎などということは、今日の場では、これっぽちもございませんので、よろしくお願いいたします」

　参会者の席から起きた疎らな拍手に、わたしは、緊張をねじ伏せてやっと作った笑顔で応じた。

「さて、みなさまご存じのとおり、わたしの息子、吉国勇輝は、和佐見市消防署漆間分署、第一警防課第一消防係の消防士でありました。その勇輝が、火災現場のマンション五階から転落して死亡したのは、いまから十日前、九月六日の夕方です。二十五歳の誕生日を十日後に控えていました」

マイクの位置がやや低かったので、少しだけ腰を屈めなければならなかった。

「逆縁と申しまして、子が親に先立つことは、この上ない親不孝とされております。その凶事に、まさか自分が見舞われるなどとは、これまで一度たりとも想像したことはありませんでした」

七日に通夜をした。八日の葬儀はいわゆる密葬だった。勇輝が生前、「葬式は嫌い」と言っていたから、近親者だけで線香を上げた。そんな経緯をざっと説明していると、誰かが盛大に洟を啜ったため、濁った音が会場に響き渡った。

「そういうわけですから、後日改めて、こうしてお別れ会を開かせてもらった次第です。――さて、わたしも西部分署で副署長を務める身でありますが、勇輝が消防士になってからは、互いに仕事が忙しく、親子としての時間をなかなか持てなくなってしまったことが悔やまれます。密葬の際、棺の遺体に氷囊を置くために、息子の頭髪を久しぶりに触りまして、そのときやっと父親に戻れた、という感じがいたしました」

腰を屈めているのがつらくなり、わたしはいったん言葉を切って、マイクの高さを調節し直した。

「前置きは以上にしておきましょう。これからの数分間は、息子との別れにあたり、いま一度皆さまに吉国勇輝という人間を、可能なかぎりよく知っていただきたく思います。どうかお付き合いください」

わたしは土屋のいる方向へ移動した。彼に代わって、司会者用の演台を前にして立つ。台の上には、こちらが持ち込んだノートパソコンが置いてあった。このパソコンのハードディスクには、スライドショーのソフトがインストールされており、かつ、わたしが用意した画像データも何枚か保存してある。

会場の隅に向かって目配せを送ると、そこに控えていたホテルのスタッフが、壁際のスイッチを操作した。幾つもある室内の照明が一斉にすうっと消えていく。同時に、天井から白いスクリーンがゆっくりと降りてきて、遺影の横に二百インチのモニターが設置された形になった。

わたしはマウスを操作し、スライドショーのソフトを動かし始めた。

2

まずスクリーンに映し出された写真は、産着（うぶぎ）の中でぎゅっと目を閉じている痩（や）せた赤ん坊を写したものだった。

「これは生後間もないころの勇輝です。彼が産まれたとき、体重が二キロ弱しかなく、病気がちな子になるのではないかと心配しました」

息子を初めて抱き上げた際、あまりの軽さに思わず取り落としそうになり、担当の看護師から叱られたことを、いまになって急に思い出した。

「ちなみに、親父のわたしはと言えば、出生時のウエイトは四キロを超えておりました。わたしの父によりますと、小柄な母親の体の中に、こんなに大きなものがどうやって入っていたのか、不思議でしょうがなかったそうです」

参加者の席から小さな笑い声が漏れるなか、スクリーンから赤ん坊の姿を消し、代わって、勇輝の幼稚園時代、小学校時代の写真を、次々に映し始めた。

「その後はご覧のとおり、順調に体が大きくなっていきまして、幸い健康に育ってくれました。それが親としては一番ありがたいことでした」

次に、中学、高校時代の写真に切り替えた。わたしがシャッターを押したものが多いが、彼の友人や学校の事務局から借りたものも混じっている。

「勇輝は十代の半ばごろから、どんどん筋肉質の引き締まった体つきになっていきました。中学、高校とも体操部に所属しておりまして、大会があるたびに代表選手として活躍していました。運動神経がよいことから、わたしは密かにこの子にも消防官になってほしいと願うようになりました」

勇輝と一緒に写っている少年たちは、いまどんな大人になっているだろう――そんな想像も頭をよぎっていく。

「ちなみにわたしは、中学でも高校でも野球部に入っておりましたが、万年補欠のキャッチャーに過ぎませんでした。たまに代打で試合に出してもらっても、凡打の連続というありさまで、スポーツという分野ではまったくパッとしませんでした。鳶が鷹を生むとは、まさにこのことでしょうか」

次のスライド写真を映した。今度の被写体は、一転して人間ではなく物だった。一個の指輪だ。石のない、シンプルなデザインのプラチナリングで、特徴はと言えば、ねじれが一回入っている点ぐらいだ。

「実は、息子には意中の女性がいました。何箇月か交際をし、夢中になっていました。死亡する間際は、近々彼女に結婚を申し込むつもりでいたようです。この指輪は、勇輝が彼女にプレゼントするために、百貨店で購入したものです」

会場の空気がふわっと和んだのが、はっきりと分かった。いわゆる「いい話」には誰もが弱い。

「ちなみに、勇輝の母親、つまりわたしの妻は、五年前に病気で他界しておりますが、わたしが彼女に結婚を申し込むために指輪を買ったのも、二十五歳前後のことでした。ついでですので、さらに正直に申し上げますと、恥ずかしながら現在のわたしにも、若いカノジョがおりまして、まあ、よろしくやっているわけでございます」

ここで客席が大いに沸くものとばかり期待していたが、参加者の間から上がった笑いと拍手は、思ったより小さかった。

やや気勢を削がれたわたしは、いったんまっすぐ前を向き、一つゆっくりと息を吐きだしてから、ふたたびマイクに口を近づけた。

「話を戻しましょう。わたしは勇輝に何度か訊ねました。おまえの恋人はどんな女性なのか、名前は何というのか、仕事は何をしているのか……。ですが、息子は照れるばかりで、何も教えてくれませんでした。わたしは、とにかく早くその女性を家に連れてこい、と言ったのですが、仕事で忙しくしているうちに、それもかなわないままになってしまいました。ともあれ息子は、恋愛という幸せな経験をしている最中に死ななければならなかったわけです。人生とは何と皮肉なものかと思わずにいられません」

わたしは上着のポケットからハンカチを取り出した。涙が出そうになったわけではなく、何となく自然に体が動き、気づいたらそうしていたに過ぎない。

「しかし実は、いまだから申し上げますが、彼は以前にも一度死にかけたことがあったのです」

会場にざわめきが走った。

「もっと正直に申しましょう。息子は自殺を図ったことがあるのです。それは、受験に失敗したときです。——ここにお集まりの皆さまのほとんどは消防官をしていらっしゃるわけですが、その職業を選ぶ前に、他にやってみたい仕事をお持ちだった方もおられるでしょう。ちなみにわたしは、ある一時期、医者になることを目指したものです。結局、その夢は果たせずに終わりましたが、消防官も医者も、人命を救助するという点では同じ仕事をしているわけですから、いまの自分には大いに満足しております」

次に投影した写真は、自宅二階にある勇輝の自室だった。六畳ほどの狭い洋室で、本棚には書籍にまじって飛行機のプラモデルがいくつも飾ってある。天井や壁に貼ってあるポスターも、大型のジェット機を被写体にしたものばかりだ。

「息子の場合は、旅客機のパイロットになるのが幼いころからの夢でした。そこで、四年制の大学に通って必要な単位を取ったあと航空大学校を受験したのですが、見事に滑ってしまいました。不合格と分かった直後、夢が崩れてしまったショックに耐えられず、息子は発作的に、この部屋で首を吊ろうとしたのです。幸いにも、わたしがすぐに異変に気づいて救助しましたので、勇輝は気を失っただけで済みました。彼がパイロットから消防官へと将来の志望を変更した一番大きな理由は、わたしに命を助けられたという体験にあったようです」

会場内のざわめきがさらに大きくなる。それがある程度鎮まるのを待ってから、わたしは続けた。

「いまの話でお分かりのとおり、希望を失ったときに、必要以上に将来を悲観してしまう。後先が見えなくなり、我を忘れて自暴自棄になってしまう。そのように精神的に脆い部分を、勇輝は抱えていました。ですから彼が消防官になったとき、それが悪い方向に出なければいいなと、わたしは懸念していたのです。そんな矢先の他界でした」

別にこれといった意味もなく、わたしはハンカチを畳み直した。

「それにしても転落死とは……。その死に方は、わたしにとって本当に意外でした。先ほども言いましたが、息子は身体能力が高い方で、消防士としてはけっして筋が悪くなかったからです。親の贔屓目を差し引いても、間違いなく優秀な部類でした」

わたしは次の写真を映した。勇輝が消防官になってから授与された何枚かの賞状や記念品を写したものだ。

「彼の消防官としての優秀さは、これらの品々が示すとおりです。それに比べて親父のわたしなぞ、二十四歳の時点では、何一つ手柄など立てた記憶はありません。——とはいえ」

写真を切り替えた。これも賞状や記念品を写したものだった。ただしそれらの数は、先ほどの写真より何倍も多い。

「これらは現在のわたしが持っているものです。さすがに奉職期間が四十年にもなりますと、いくら鈍くさい消防官でも、このぐらいの仕事は成し遂げられる。つまり、年の功というものは、若造には簡単に負けはしないということです」

ふたたび静かな笑い声が会場から起きた。

「ところで、消防士には、いつなんどき出場の指令が下るかわかりません。トイレに入っているとき火事が起きれば、すぐに飛び出さなければならないのです。小はともかく、問題は大です。個室に入ったら、まず使用する分のトイレットペーパーをガラガラと手に巻きつけ、即座にドアから飛び出す態勢を取っておかなければなりません」

この話には、何人かの出席者がしきりに頷いてくれた。

「あるとき、勇輝が自宅のトイレに入ってすぐ、ガラガラ音が聞こえてきたことがありました。いよいよ本物の消防官になってきたな、とわたしが初めて思ったのは、その音を耳にしたときでした。──話が長くなってきましたが、そんな息子の最期を、みなさんにもっとよく知っていただくために、敢(あ)えてあと少しだけ続けさせていただきます」

わたしは賞状の写真を消した。代わってスクリーンに映し出したのは、煉瓦(れんが)色をした五階建てのビルだった。

3

「これは『ディアコートF町』という単身者用のマンションです。つまり、勇輝が死亡した現場ということになります。見てお分かりのとおり、一つのフロアに七室が並んでいます。九月六日の夕方に発生した火災について、ご存じない方のために、ごく簡単に概要を申し上げますと──」

出火の原因は煙草(たばこ)の火の不始末だった。出火元は四〇四号室──四階中央の部屋。それより上の階は、あっという間に煙で包まれた。

通報を受け、漆間分署からポンプ車二台が駆けつけた。先に避難したマンション住民から聞き取りするなどし、状況把握に努めた結果、五階に逃げ遅れた住人が数人いることが判明した。

そのような内容を早口で説明したあと、一拍置いてから、

「ちなみにわたしは、この日は非番でして、午前中からずっとカノジョの部屋にシケ込

んでおりました」

いまの台詞をわたしは、顔に一欠片の笑みも浮かべることなく口にした。そのせいか、客席は無反応だった。単なる冗談なのか、それとも何か他意があっての言葉なのか、誰一人として判断できずにいるようだった。

わたしは小さな咳払いを二、三度繰り返してから続けた。

「勇輝は、五〇五号室の住人を助けるよう命令を受け、空気ボンベを背負い、面体を着装して、黒煙を噴き上げる建物の中に入っていきました。五〇五号室の住人は若い女性でした。結果から先に申し上げますと、息子が救助活動中に死亡したせいで、この要救助者も助かりませんでした。住人の女性は煙に巻かれ、一酸化炭素中毒で死亡しています」

黙禱のつもりで、わたしは何秒間か目を閉じた。

「この点についてわたしは、勇輝の父親として、そして一人の消防官として、非常に申し訳なく思っています。串井京子さん——それが死亡した女性の名前です。年齢は二十七歳で、市の福祉センターに勤務していました。実は、彼女は去年の三月まで和佐見市消防本部で臨時職員をしていましたので、本日ご出席のみなさんの中にも、面識のある方がおられることでしょう。——さて、これからお見せするのは、彼女の部屋、五〇五号室の内部を鎮火後に写したものです。串井さんのご遺族から映写の許可を取ってあることを、念のため申し添えておきましょう」

キッチン、トイレ、通路、リビングと、廊下に近い方から順番に写真をスクリーンに投影していった。

キッチンは、通路を挟んで反対側にあるトイレと並んで、煙の充満した廊下から最も近い位置にある場所だった。窓から入り込んだ煤のため、流しの横に重ねて置かれた皿と茶碗はかなり汚れている。便座の上がった洋式トイレの壁も、本来の色がわからないくらい黒ずんでしまっていた。

これに対して、通路の奥の方と、その先にあるリビングは、ここにも濃い煙が流れ込んできたはずなのだが、意外なほどきれいなままだった。

「焼けたわけではなく、煙が充満しただけの現場です。また残火処理の際に用いたのは主に噴霧注水で、水損を極力抑えることに留意したので、思いのほか乱れてはおりません」

そのように説明を加えてから、わたしはまたパソコンを操作した。今度スクリーンに映し出されたのは、部屋の内部ではなく外側――廊下だった。開放型ではなく中廊下型の作りだ。

右側には五階居室のドアが、左側にはガラス窓が並んでいる。ガラス窓は、どれも無惨に割られていた。これはもちろん、煙を逃がすために消防隊が取った措置だった。

わたしは演台の上に用意されていたレーザーポインターを手にし、スイッチを入れた。赤い光の先端を、割られた窓の一つに当てる。それは、五〇五号室の真向かいにある窓だった。

「これが勇輝の転落した窓になります。『排煙のために鳶口を使って窓ガラスを割った際、勢いが余り体勢を崩し、かつ重い空気ボンベを背負っていたとの事情も加わり慣性に負け、二十メートル下の地面に転落したものと思料される』——警察が作った調書にはそのように書いてあるはずです」

わたしは、手にしていたハンカチを、形ばかり口元に押し当てた。

「ちなみにわたしも消防官の端くれですから、過去に幾度となく火災の現場に出場し、鳶口を振るってきました。みなさんも十分ご承知のとおり、鳶口というものは、力まかせに大きく振り回しても、あまり役には立ちません。そうではなく、肘と手首を支点にして腕を柔軟に使い、先端の金属部分の重さを最大限に利用するのが、この道具を上手く使うコツです。野球部で何度もバットの素振りを経験したわたしにとっては、一番得意なツールでした。そんなわけで、鳶口については、上手い使い方を何度か息子に教え込んできたつもりだったのです。だというのに、彼はなぜこのような形で死んでしまったのでしょうか」

わたしはきつくハンカチを握りしめた。意図したわけではなく、自然と腕に力がこもったせいだった。

「しつこく繰り返しますが、息子の身体能力は高かったのです。体操部で大会の代表選手に選ばれていたぐらいですから、バランス感覚にも秀でていました。もちろん火災現場では予想外の危険が発生するものですが、体勢を崩しての転落死というのは、どうも納得できません。そこでわたしは、もっと詳しく現場の様子を知りたくなり、鎮火の翌日に行なわれた調査に同行させてもらいました。そこに何か、勇輝の転落を理由づける手掛かりが遺されているはずだと思ったからです」

開会前の緊張など、とうにどこかに吹き飛んでしまっていた。そのことに気がつくと、わたしの口はますます滑らかに動くようになった。

「そして五〇五号室に入ったとき、そこであるものを見つけました。室内にあったものですから、亡くなった串井さんの所有物です。それを誰に断るでもなく、こっそりとポケットに入れ、持ち帰りました。言ってみれば、泥棒のような真似をしてしまったわけです。しかし、この行為にはちゃんとした理由がありました。――とりあえず、その持ち帰ったものを見ていただきましょう。これです」

わたしは写真を切り替えた。今度スクリーンに映し出されたものは――またしても指輪だった。しかも、石のないシンプルなプラチナリングで、一回分のねじりが入っているのが特徴だ。早い話が、先ほど一度映写したものとまったく同じデザインの指輪だった。

「つまり、息子が救助活動中に落としたものではないか、と思ったのです。だから拾って持ち帰ったわけですね。――ところが、主を失った彼の部屋を調べてみたら、机の抽斗の中から同じ指輪が出てきたのです。つまり、同じ指輪が二つあったわけです。これはどういうことか。勇輝と串井京子さん。二人がそれぞれに買った指輪が、たまたま同じものだった、ということでしょうか」

こめかみを汗がつたうのを感じた。喋(しゃべ)りに熱が入り過ぎたらしい。

「いいえ、それではあまりにも偶然が過ぎます。そこで、もしやと思い、わたしは息子のクレジットカードから購入履歴を調べてみました。すると、彼が指輪を二つ買っていたことが判明したのです。どうやら、息子がその一つを自分で持ち、もう一つを串井さんにプレゼントした、というのが真相のようでした。ということは――」

わたしはハンカチでこめかみの汗を拭(ぬぐ)った。

「もうお察しのことと思います。勇輝は『結婚したい相手がいる』と言っていましたが、それは五〇五号室の住人、串井京子さんだったわけです。つまり彼は、あの火災のとき、偶然にも、自分の恋人を救助することになったのでした。これを知ったとき、わたしは本当に心底驚きました」

――本当に心底驚いた。

そう内心で繰り返してから、ふたたび顔を上げたとき、いきなり視界が焦点を失った。ふいにあふれ出た涙のせいだった。わたしは慌(あわ)てて、今度こそ演技抜きにハンカチを目に押し当てた。

「失礼しました。――ところで、いま何枚か現場を写した写真をご覧になっていただいたわけですが、それらに関して、何かお気づきになった点はないでしょうか」

そう会場に向かって問い掛けながら、もう一度スクリーンに呼び出したのは、五〇五号室のトイレを写した一枚だった。

「これを見てください。先に申し上げたようにこのマンションは単身者用で、そして住人は女性です。ところが」

わたしはレーザーポインターの光を便座に当てた。上がった状態の便座に。

参会者の中には察しのいい者が何人かいたようで、ここで「あっ……」と、戸惑いを含んだ気づきの声が方々で上がった。

「そうです。女性の一人暮らしであるにもかかわらず、トイレの便座は上がったままになっていた。これが何を意味するかお分かりでしょう」

また会場がざわめきだすと思ったが、その反対で、客席からは衣擦れの音一つ聞こえてこなかった。

「念のためにお断りしますが、わたしには、けっして死者を冒瀆する意図はありません。ただし、息子の死の真相を知ってもらうためには、ありのままの事実をお伝えする必要があります。ですから敢えて言います。つまり串井京子さんの部屋には、勇輝が救助に入る前に、別の男性がいたらしい、ということです」

しんと静まり返った空間に向かって口を動かしているせいで、どこか独り言を喋っているような錯覚を感じた。

「これらの情報を踏まえたうえで、もう一度、九月六日の夕方に何が起きたのかを想像してみましょう。――消防士は火災の現場で屋内に入ると、まず人命検索を行ないます。つまり、部屋という部屋をくまなく調べるわけです。その過程で、勇輝は上がっている便座を見てしまったのです。はじめに言いましたように、彼には精神的に脆い一面があり、将来の夢が潰えたと知ったとき、自殺を図ったことまでありました。そうした事情を考え合わせると、彼の転落死は、新たに別な様相を帯びてくるように思えるのです」

いま勇輝はどんな場所にいるのだろうか。ふと、そんな疑問が頭をよぎった。

消防官を拝命して約四十年。この間、人が落命する場面に幾度も立ち会ってきた。死んだら、その人間の意識も消える。そう信じて疑わなかった。だが、いざ血を分けた息子に死なれてみると、これまでの考えが急にぐらつきだし、「あの世」とやらが本当にあるのではないかと思い始めるようになったのだから、まったく現金なものだ。

「そうです。恋人が浮気をしていたことを知り、結婚の夢が破綻したことを悟った彼は、発作的に窓枠に足をかけ、自分の体を――」

死後の世界。そのどこかで、ずっと息子の魂は生きている。だからわたしは、きっといつか彼に再会できる。そう念じることで暗い顔にならないよう努めてから、締めくくりの言葉を一気に吐き出した。

「――自ら宙に投げ出したのです」

4

最後の客が会場を出ていったとき、時刻は午後四時を過ぎていた。

わたしが話を終えて主催者の席に引っ込んだあと、参会者には一分間の黙禱をしてもらった。続いて、何人かの代表者が勇輝を偲ぶスピーチをするなど、会は式次第にそって滞りなく進んだ。

しかし、こちらの話した内容が内容だっただけに、終始、このお別れの会は妙に気まずい空気に包まれたままとなってしまった。

会場内がずっと無音だったことも、雰囲気の異様さに拍車をかける結果となったようだ。何か音楽でも流しておこうかとは思ったのだが、勇輝の好きな曲がどんな種類のものかよく分からず、結局断念してしまっていた。

ただ、線香と蠟燭の数を極力少なめにしておいたことだけは、我ながらよい配慮だったと思う。この会場は、わたしたちが引き払ったあと、続いて結婚披露宴の場となるらしい。そこに抹香臭い匂いを残しておいては、これから人生の門出を祝おうとする人たちに気の毒というものだ。

すべての客を送り出し、ホテルのスタッフに礼を告げてから、わたしも「光輪の間」を後にした。

「疲れただろ」

ふいに背後で声がした。最初、それがわたしに掛けられたものだとは思わず、かまわず歩き続けた。また同じ言葉をかけられて初めて、声の主が今垣だと気づき、後ろを振り返った。

今垣は、出入口の壁に背中を凭せ掛けるようにして立っていた。

「いや、平気だよ。まだそんなにくたびれちゃいない」

突っ立ったまま何分か口を動かしただけだからな」

そう答えてやると、今垣は「たしかに」と呟きながら、わたしの方へ歩み寄ってきた。

「で、吉国、おまえはこれからどうするんだ」

「どうって、家に戻るだけさ」

「じゃあ一緒に帰ろう」

こちらの肩をぽんと一つ叩いたあと、今垣はわたしを追い越す形で歩き出し、建物の外に出た。そのままずんずん前に進み続け、タクシー乗り場すらも通り過ぎていく。

「ちょっと待った。帰るって、歩いてか?」

声に苛立ちが混じるのを、わたしは抑えられなかった。このホテルから自宅まで、直線にして四キロほどある。今垣の家までの距離も似たようなものだ。職業柄体は鍛えているとはいえ定年間近の身だ、徒歩では、ちょっとばかりしんどいと感じる道のりだった。

「遠すぎる。こっちは疲れてるんだ」

「おや？　いまさっき言わなかったか。『くたびれちゃいない』って」

あまりにも簡単に言質を取られ、頰がかっと熱を帯びた。同時に、実のところ自分は、本当にかなり疲れているのではないか、と疑わざるをえなかった。

「たまにはいいだろう。さ、一緒に歩こう」

ようやく市街地を抜け、田圃の広がる地域に入った。

考えてみれば、今垣とこの農道を一緒に歩いたのは、実に半世紀ぶりのことだ。当時と大きく違っているのは、いまではすっかり舗装されているという点だった。

道の両脇には、いまでも相変わらずチカラシバが多く生えていた。葉の間から緩く湾曲した長い茎が上に伸びていて、先端には長さが二十センチほどもある紫黒色をした剛毛の穂がついている。そんな形状をしているから、この植物は、まるでパイプの内部を洗うためのブラシのように見えるのだった。

「昔、よくやったよな。こんなこと」

今垣がチカラシバを束にして摑むと、そこで羽を休めていたオレンジ色の蜻蛉が何匹か一斉に飛び立った。

今垣は小穂に唾をつけ、それを鼻と口の間に貼りつけてみせた。それは、わたしにとっては嫌いな遊びだった。小穂を鼻孔に近づけると、決まってくしゃみが止まらなくなったからだ。

「それから、これもだ。覚えてるだろ」

こちらの不機嫌な様子など一顧だにせず、今垣はわたしの背後で、「ふんっ」と力のこもった声を発した。小穂を空中に投げたようだった。今度は天気占いをやり始めたらしい。

チカラシバの先端を下から上に向かって手でしごくと、握った手の中にたくさんの小穂が集まる。それをまとめて空中に放り投げるのだ。飛んだチカラシバの硬い毛がバラバラと方々に散れば翌日は晴れで、反対に、いくつかの塊（かたまり）になって地面に落ちれば雨、という占いだった。そう言えば、チカラシバをテンキグサと呼ぶ地域もあるらしい。

この天気占いは意外に当たるようだ。チカラシバの小穂は湿気の度合いを如実（にょじつ）に反映するからだ。なるほど、穂が湿っていれば、それらは四散せず、まとまって落下するのが道理だ。

とはいえ、わたしは後ろを振り返らなかったし、今垣も黙ったままでいるから、占いの行方がどうなったかは分からなかった。

「おまえもやってみろよ」

天気予報の結果を告げる代わりに、今垣は、斜め後ろからチカラシバの先端をにゅっと差し出してきた。それをわたしは無言で、そして少々乱暴な手つきで払いのけた。もうそろそろ一人にしてほしい。こちらにはこれからやらなければならないことがあるのだ。

　そこからしばらく互いに無言で歩き続けると、真っ直ぐだった農道の行く手に、ようやく十字路が見えてきた。わたしの家はここから北、今垣の家は南の方角だ。これで邪魔な友人と別れられる。

　十字路に差し掛かると、今垣は、手にしていたチカラシバをそっと道端に捨てた。

「吉国、さっきのお別れ会だがな」

　いままでのはしゃいだ調子から一転し、静かな声だった。そのときわたしは、「じゃあな」と言いかけていたのだが、相手に先を越され、すでに半分開いていた口をまた閉じるしかなかった。

「まさかあれは、おまえのじゃないだろうな」

「……どういう意味だ、それは」

「さっきの集まりは、『勇輝さんとの』ではなく、『智嗣さんとのお別れの会』だったんじゃないのか、という意味さ」

　わたしは今垣の目をじっと見据え、次の言葉を待った。

「よく思い出してみるとな、勇輝くんに関する写真をいろいろ見せてもらい、彼についての話をずっと聞かせてもらったが、おまえが自分に言及した箇所もやけに多いんだよ」

　すぐ耳元で蜻蛉の羽音がした。

「『ちなみにわたしは』といった言葉を、おまえは話の最中に何度も繰り返していたよな。だから、もしやと思ったんだ。あれは勇輝くんのお別れ会であると同時に、おまえのそれでもあったんじゃないか、って。みんなの前から去るにあたって、おまえも自分のことを彼らに覚えておいてほしかったんじゃないのか、ってな。そんなふうに、ちょっと心配になったわけさ。友人としてね」

「どうも回りくどいな。つまり今垣、おまえは何が言いたい？」

「吉国智嗣はこれから死のうとしている、ということだよ」

「どうしてだ」わたしは無理に鼻で笑ってみせた。「なぜおれがこの世から消えなきゃならない」

いま耳元で羽音をさせていたやつだろうか、一匹の蜻蛉がわたしの鼻に触れそうな距離でホバリングを始めた。顔の前で軽く手を振ってやると、その蜻蛉はくるりと向きを変え、今垣の方へと飛んでいった。

「さあな。はっきりとは分からんよ」今垣は、肩に止まった蜻蛉を追い払おうとはしなかった。「ただ、もしかしたら、と思っていることはある」

わたしの手が勝手に動き、ほとんど無意識のうちに、道端からチカラシバの茎を一本引き抜いていた。

「勇輝くんが救助に行く直前まで、串井京子さんの部屋には男がいたそうだな。その男というのは……」

——おまえだったんじゃないのか。

その一言を、今垣がはっきりと口にすることはなかった。代わりに、ちらりと一瞬だけわたしに視線を送ってきただけだ。

「『カノジョの部屋にシケ込んでおりました』――さっきの話の中で、おまえはそう言ったよな。にこりと笑いもせずに。あんなふうに真剣な顔だったのは、あれが冗談ではなく本当のことだったからじゃないのか」

今垣の肩に止まっていた蜻蛉が飛び立ち、夕焼けの空に溶け込んでいった。

「息子を殺したのは自分だ――その思いから逃れることができず、だから苦しさのあまり、おまえはこの世に別れを告げようとしている。違うか？」

気がつくと、わたしは地面を向いてしまっていた。否定しようとはしたが、「まさか」も「馬鹿言うなよ」も出てこなかった。そもそも、口を開くだけの気力を失っていた。

「いや、悪かった。いきなり馬鹿なことを言っちまって」今垣は、軽く肩を揺するようにして笑った。「違うよな、もちろん。――いやなに、うちは女房と娘で男の好みが一緒みたいだから、もしかして親父と息子ってやつもそれと同じで、女性の好みが似るんじゃないのか、なんてぼんやり思ったわけだ。そうしたら、いま言ったような妄想が頭に生まれてきたんだよ。それだけさ。もう忘れてくれ」

そんなふうにフォローされても、もはや黙ったままその場で固まっていることしかできなかった。こんなわたしの様子から、当然、今垣は悟ったに違いない。自分の「妄想」は真実を射ぬいているのだと。

だが、彼は何事もなかったかのように、

「また会おうな」

こちらに背を向け、肩越しに手を挙げながら、南に向かって歩き去っていった。

無邪気だった幼時の記憶に浸（ひた）れば、自ら命を絶とうとする気も失せるのではないか――そのように考えて、今垣はわざわざ、わたしをこの場所に誘ったのかもしれない。

そういえば、彼がいまの妻と出会ったきっかけも、自殺企図とその防止という出来事だったことを、改めて思い返す。

幼馴染の背中がだいぶ小さくなっても、わたしはまだその場にとどまっていた。

日は落ちかけていた。

やがて、ふと思い立ち、道端のチカラシバに手を伸ばした。

穂を握って軽くしごいてみる。

もし晴れと出たら、思い直すか……。

そう考えて、わたしは手の中に集まった小穂を、そっと空中に放り投げてみた。

解説

西上心太

緊急自動車のサイレン音が聞こえるとドキリとするが、パトカーよりも救急車や消防車の方がその驚きの具合が大きいように思う。特に怖いのは夜間に響き渡る消防車のサイレンだ。近所にやってこようものなら、すわ、と誰もが起きだして、外の様子を確認しないではいられないはずだ。

ずっと地元に住んでいるためか、小火(ぼや)で済まないご近所の火事は両手に余るくらい見聞きしてきた。さらに、町内の消防組織（区民消火隊）に長らく所属していたため、防火服を着て現場に駆けつけることも何回か経験している。家屋から立ちのぼる炎と煙の恐ろしさ。何日も漂う焼け跡の嫌な臭い……。たとえ周囲への延焼や、人的被害がなくても、火事ほど怖いものはない。

燃え盛る火災の鎮火、あるいは急病人や怪我人の救助と搬送。一刻を争う事態への対応のために日々訓練を重ね、いざという時に備えているのが消防署員である。通常は目立たないが、非常時にこれほど頼りになる職業は稀であろう。

ところが同じように頼られる警察官を主人公にした小説は、山ほど書かれているのに、消防署員をフィーチャーした作品は実に数少ない。二〇〇〇年代初頭にデビューした日明恩の『鎮火報』（〇三年）が、もしかしたら消防ミステリーの嚆矢かもしれない。現場よりも内勤希望という、やる気とは無縁だった新人消防士の成長を描いた作品である。後に〈Fire's Out〉というサブタイトルも付き、二一年末に久しぶりの新作『濁り水』が出たが、『埋み火』（〇五年）、『啓火心』（一五年）を併せても四作品があるに過ぎない。同じ作者の『ロード&ゴー』（〇九年）は救急車がカージャックされるというサスペンスで、〈Fire's Out〉シリーズのキャラクターも登場していた好作だった。

他には新人女性消防士の奮闘を描いた佐藤青南の『消防女子!! 女性消防士・高柳蘭の誕生』（一二年）、『ファイア・サイン 女性消防士・高柳蘭の奮闘』（一三年、『灰と話す男 消防女子!! 高柳蘭の奮闘』改題）、パニック小説の要素が強い五十嵐貴久の『炎の塔』（一五年）、『波濤の城』（一七年）、『命の砦』（二〇年）の三部作、麻見和史『深紅の断片 警防課救命チーム』（一五年）が思い浮かぶくらいだ。

警察小説と比べ、数の上での劣勢は否めないが、短編の名手で優れた警察小説の書き手である長岡弘樹が、このジャンルに挑んだのが本書である。

和佐見市という架空の市にある漆間分署に所属する消防官たちをフィーチャーした物語であるが、親本のカバー帯に「消防士はただのヒーローではない」とあるように、単に消防署員の活躍を描いたヒーロー小説でないことは、巻頭に置かれた「石を拾う女」を読めばわかるはずだ。

今垣睦生は、漆間分署の第一警防課第一救急係に所属する、キャリア二十年の消防司令である。警察でいえば警部クラスにあたるベテランだ。研修帰りの今垣が気になる女性を見かけ、彼女が増水している川に飛び込もうとしたところを救うのが物語の発端だ。

今垣の妻はうつ病が原因で、自らの命を絶っていた。今垣が救った女性――高槻三咲季の歩く姿が、亡き妻の後ろ姿に似ていたため、気になって彼女の後を追っていたのだ。これがきっかけとなり、今垣は三咲季とつき合うようになるが、再び彼女は薬を飲んで自殺未遂を引き起こす。

このストーリーだけでも興味深いのだが、驚かされるのが「消防官の中にも、いわゆる惨事ストレスから心を病み、自死を考える者は少なくな」く、「拝命時に抱いた理想の高さに実力がついていかず、深刻な自己嫌悪に陥っ」た結果、命を絶った者も何人も見てきたという今垣の述懐である。

通常、警察官は起きてしまった事件を捜査するが、消防署員の現場仕事は、火災であれ急病人であれ、現在進行形の事案が多い。火災を鎮火することはもちろんだが、巻き込まれた人々の命をも救わねばならない。だがあまりにも悲惨な現場を見たり、救助する人を自分のミスで助けられなかったりすると、それがトラウマとなり、消防士自身の精神を傷つけていくのだ。

本書は、死と隣り合わせで働き、罹災者や仲間の死を否応なく見つめてきた者たちを取り上げた物語とも言える。第五話「山羊の童話」で登場する垂井柾彬は、自殺企図者の救助に失敗して死なせてしまった過去がある。その思いを拭うことができず、ついに退職してしまったのだ。そんな男が友人の部屋で痛飲して寝入ってしまった際に火事に巻き込まれるのである。

第七話「救済の枷」は、本作中もっとも異色の作品かもしれない。レスキュー技術の伝授のために、姉妹都市であるコロンビアのM市に、第三話「反省室」にも登場した猪俣威昌が出向するというストーリーだ。だが彼の心にはある屈託があった。三ヵ月前の現場で、部下を死なせてしまったのだ。コロンビアは誘拐事件が頻発する国だ。猪俣は指導に当たった現地の消防士から、わざと危険な目に遭うためにやってきたのではないかと喝破される。

このように、第一話で今垣の述懐にあったように、自殺企図者だけでなく、彼らを救うはずの消防士や救急隊員も「希死念慮」に捉われているエピソードが多いのだ。数が少ない消防ミステリーとはいえ、これまでこんな作品があったろうか。

だが作者は、彼らの心の襞をえぐるようなテーマを紡いではいるが、その悩みをストレートに描くことはしない。これまでの作品同様、周到に伏線が張りめぐらされており、観察眼鋭い登場人物によって、観察の対象になった本人自身も気づかなかったような真実や、彼らが抱えていた深層心理が浮かび上がってくるのである。いつもながら、お見事という以外に言葉はない。

命を助けられ、新たな幸せをつかんだはずの女性がなぜ再び自殺を試みたのか（「石を拾う女」)。第二話「白雲の敗北」で、「怖がるなとは言わない。だが、恐怖を他人に感染させるな」というアドバイスを新人に教える上司が、なぜパワハラめいた作業を新人に課すのか。「救済の枷」で、反政府ゲリラに誘拐された猪俣は、なぜショッキングな脱出方法を取ったのか。救助者にとって一番大事なものは、助けられる者が安心するような「破顔」した表情である。その教えを受けた者同士が、立場を変えて火災現場で交錯する第八話「フェイス・コントロール」で導かれた真相とは。

またベテラン消防士の父親が、友人宅で遭遇した命にかかわる奇禍からどのように脱することができたのかを描いた、第六話「命の数字」のようなホワットダニットの興趣が横溢した作品も並んでいるのが嬉しい。

全九編の物語の中では、およそ十年という時が流れる。新人だった消防士も、救急隊やレスキュー隊も経験した十年選手になっているのだ。今垣の同期・吉国の中学生だった息子も成長して、父と同じ消防士になる。そのエピソードは、今垣の〈現在〉とともに最終話「逆縁の午後」で語られる。このように時の流れも新たな物語に結びついていくのだ。

ゆるやかに流れる時と、ゆるやかにつながる人間関係を背景に、危険と隣り合わせだが、ヒーローとはほど遠い、「いつ顔を出すか分からない闇を抱えたまま、それをぎりぎり押さえつけている危うい存在」である消防士のありようを、容赦なく、そして鮮やかに活写してみせる。

長岡弘樹の持ち味であり最大の長所である無駄のない描写。そこから導かれる切れ味鋭い意外性たっぷりの逆転劇。人間ドラマとミステリーの面白さが、どのエピソードの中にも凝縮されているのだ。

枚数以上のボリュームを感じることができる、消防署員をめぐる九つの物語を、たっぷりと堪能してみてはいかがだろうか。

（文芸評論家）

参考文献

『検事調書の余白』佐藤道夫（朝日文庫）

『演技と演出』平田オリザ（講談社現代新書）

『アメリカインディアンの教え』加藤諦三（扶桑社文庫）

『ニューヨークの英雄／9・11の消防士たち』栗木千恵子（近代消防社）

『入門　こころの科学――知りたい自分の心・わかりたい他人の心』小林司（あすなろ書房）

初出

石を拾う女　「オール讀物」二〇一五年八月号
白雲の敗北　「オール讀物」二〇一六年一月号
反省室　「オール讀物」二〇一六年六月号
灰色の手土産　「オール讀物」二〇一七年二月号
山羊の童話　「オール讀物」二〇一七年一一月号
命の数字　「オール讀物」二〇一六年一〇月号
救済の枷　「オール讀物」二〇一七年六月号
フェイス・コントロール　「オール讀物」二〇一八年八月号
逆縁の午後　「オール讀物」二〇一八年三月号

単行本　二〇一九年六月　文藝春秋刊

DTP　言語社

文春文庫

1 1 9（いち いち きゅう）

定価はカバーに
表示してあります

2022年3月10日　第1刷
2022年3月25日　第2刷

著　者　長岡弘樹（ながおかひろき）

発行者　花田朋子
発行所　株式会社 文藝春秋

東京都千代田区紀尾井町3-23　〒102-8008
TEL　03・3265・1211(代)
文藝春秋ホームページ　http://www.bunshun.co.jp

落丁、乱丁本は、お手数ですが小社製作部宛お送り下さい。送料小社負担でお取替致します。

印刷・凸版印刷　製本・加藤製本
Printed in Japan
ISBN978-4-16-791841-5

（　）内は解説者。品切の節はご容赦下さい。

安東能明
夜の署長
新米刑事の野上は、日本一のマンモス警察署・新宿署に配属される。そこには〝夜の署長〟の異名を持つベテラン刑事・下妻がいた。警察小説のニューヒーロー登場。（村上貴史）
あ-74-1

安東能明
夜の署長2
密売者
夜間犯罪発生率日本一の新宿署で〝夜の署長〟の異名を取り、高い捜査能力を持つベテラン刑事・下妻。新人の沙月は新宿で起きる四つの事件で指揮下に入り、やがて彼の凄みを知る。
あ-74-2

明石家さんま　原作
Jimmy
一九八〇年代の大阪。幼い頃から失敗ばかりの大西秀明は、高校卒業後なんば花月の舞台進行見習いに。人気絶頂の明石家さんまに出会い、孤独や劣等感を抱きながら芸人として成長していく。
あ-75-1

浅葉なつ
どうかこの声が、あなたに届きますように
地下アイドル時代、心身に傷を負った20歳の奈々子がラジオアシスタントに。「伝説の十秒回」と呼ばれる神回を経て成長する彼女と、切実な日々を生きるリスナーの交流を描く感動作。
あ-77-1

天祢　涼
希望が死んだ夜に
14歳の少女が同級生殺害容疑で緊急逮捕された。少女は犯行を認めたが動機を全く語らない。彼女は何を隠しているのか？　捜査を進めると意外な真実が明らかになり……。（細谷正充）
あ-78-1

朱野帰子
科学オタがマイナスイオンの部署に異動しました
電器メーカーに勤める科学マニアの賢児は、非科学的商品を「廃止すべき」と言い、鼻つまみ者扱いに。自分の信念を曲げられずに戦う全ての働く人に贈る、お仕事小説。（塩田春香）
あ-79-1

秋吉理香子
サイレンス
深雪は婚約者の俊亜貴と故郷の島を訪れるが、彼には秘密があった。結婚をして普通の幸せを手に入れたい深雪の運命が狂い始める。一気読み必至のサスペンス小説。（澤村伊智）
あ-80-1

（　）内は解説者。品切の節はご容赦下さい。

朝井まかて
銀の猫
嫁ぎ先を離縁され「介抱人」として稼ぐお咲。年寄りたちに人生を教わる一方で、妾奉公を繰り返し身勝手に生きてきた、自分の母親を許せない。江戸の介護を描く傑作長編。（秋山香乃）
あ-81-1

石田衣良
池袋ウエストゲートパーク
刺す少年、消える少女、潰し合うギャング団……命がけのストリートを軽やかに疾走する若者たちの現在を、クールに鮮烈に描いた人気シリーズ第一弾。表題作など全四篇収録。（池上冬樹）
い-47-1

石田衣良
PRIDE ――プライド
池袋ウエストゲートパークX
四人組の暴行魔を探してほしい――ちぎれたネックレスを下げた美女の依頼で、マコトはあるホームレス自立支援組織を調べ始める。IWGPシリーズ第1期完結の10巻目！（杉江松恋）
い-47-18

石田衣良
憎悪のパレード
池袋ウエストゲートパークXI
IWGP第二シーズン開幕！　変容していく池袋、でもあの男たちは変わらない。脱法ドラッグ、ヘイトスピーチ……続発するトラブルを巡り、マコトやタカシが躍動する。（安田浩一）
い-47-21

石田衣良
西一番街ブラックバイト
池袋ウエストゲートパークXII
勤め先の店で無能扱いされた若者が池袋の雑居ビルで飛びおり自殺を図る。耳触りのいい言葉で若者を洗脳し、つかい潰すブラック企業の闇に、マコトとタカシが斬りこむ！（今野晴貴）
い-47-22

石田衣良
裏切りのホワイトカード
池袋ウエストゲートパークXIII
闇サイトに載った怪しげな超高給バイトの情報。報酬はたった半日で10万円以上。池袋の若者達が浮き足立つ中、マコトにはある財団から依頼が持ち込まれる。（対談・朝井リョウ）
い-47-23

石田衣良
池袋ウエストゲートパーク ザ レジェンド
時代を鮮やかに切り取る名シリーズの初期から近作まで、読者投票で人気を集めたレジェンド級エピソード八篇を厳選した〈傑作選〉。マコトとタカシの魅力が全開の、爽快ミステリー！
い-47-36

（　）内は解説者。品切の節はご容赦下さい。

リップヴァンウィンクルの花嫁
岩井俊二

「この世界はさ、本当は幸せだらけなんだよ」秘密を抱えながらも愛情を抱きあう女性二人の関係を描き、黒木華、Ｃｏｃｃｏ共演で映画化された、岩井美学が凝縮された渾身の一作。

い-103-1

ラストレター
岩井俊二

「君にまだずっと恋してるって言ったら信じますか？」裕里は亡き姉・未咲のふりをして初恋相手の鏡史郎と文通する――不朽の名作『ラヴレター』につらなる、映画原作小説。（西崎　憲）

い-103-2

車夫
いとうみく

家庭の事情で高校を中退し浅草で人力車夫として働く吉瀬走。大人の世界に足を踏み入れた少年と、同僚や客らとの交流を瑞々しく描く。期待の新鋭、初の文庫化作品。（あさのあつこ）

い-105-1

車夫2　幸せのかっぱ
いとうみく

高校を中退し浅草で人力車をひく吉瀬走。陸上部時代の同級生が会いに来たり、ストーカーにあったりの日々の中、行方不明だった母親が体調を崩したという手紙が届く。（中江有里）

い-105-2

ブルーネス
伊与原　新

地震研究所を辞めた準平は、学界の異端児・武智に「津波のリアルタイム監視」計画に誘われる。個性が強すぎて組織に馴染めないはぐれ研究者たちの無謀な挑戦が始まる！（巽　好幸）

い-106-1

祈り
伊岡　瞬

東京に馴染めない楓太は、公園で信じられない光景を目にする。炊き出しを食べる中年男が箸を滑らせた瞬間――。都会の孤独な二人の人生が交差する時、心震える奇跡が。（杉江松恋）

い-107-1

赤い砂
伊岡　瞬

男が電車に飛び込んだ。検分した鑑識係など3名も相次いで自殺する。刑事の永瀬が事件の真相を追う中、大手製薬会社に脅迫状が届いた。デビュー前に書かれていた、驚異の予言的小説。

い-107-2

ずっとあなたが好きでした
歌野晶午

バイト先の女子高生との淡い恋、美少女の転校生へのときめき、人生の夕暮れ時の穏やかな想い……。サプライズ・ミステリーの名手が綴る恋愛小説集は、一筋縄でいくはずがない!?（大矢博子）

う-20-3

薫香のカナピウム
上田早夕里

生態系が一変した未来の地球、その熱帯雨林で少女は暮らす。ある日現われた〈巡りの者〉と、森に与えられた試練。立ち向かうことを決めた彼女たちの姿を瑞々しく描く。（池澤春菜）

う-35-1

十二人の死にたい子どもたち
冲方　丁

安楽死をするために集まった十二人の少年少女。全員一致で決を採り実行に移されるはずのところへ、謎の十三人目の死体が!?　彼らは推理と議論を重ねて実行を目指すが。（吉田伸子）

う-36-1

禿鷹（はげたか）の夜
逢坂　剛

ヤクザにたかり、弱きはくじく史上最悪の刑事・禿富鷹秋（とくとみたかあき）――通称ハゲタカは神宮署の放し飼い。だが、恋人を奪った南米マフィアだけは許さない。本邦初の警察暗黒小説。（西上心太）

お-13-6

魔女の笑窪
大沢在昌

闇のコンサルタントとして裏社会を生きる女・水原。男を一瞬で見抜くその能力は、誰にも言えない壮絶な経験から得た代償だった。美しいヒロインが、迫りくる過去と戦う。（青木千恵）

お-32-7

魔女の盟約
大沢在昌

自らの過去である地獄島を破壊した「全てを見通す女」水原は、家族を殺された女捜査官・白理（バイリー）とともに帰国。自らをはめた「組織」への報復を計画する。『魔女の笑窪』続篇。（富坂　聰）

お-32-8

魔女の封印
大沢在昌

（上下）

裏のコンサルタント水原が接触した男は、人間のエネルギーを摂取し命を奪う新種の〝頂点捕食者〟だった！　女性主人公・水原の魅力が全開の人気シリーズ第3弾。（内藤麻里子）

お-32-10